Köthe
Verlag

Carsten Köthe wurde 1962 in Ratzeburg geboren. 1987 gewann er einen Moderatoren-Wettbewerb und wurde kurze Zeit später Redakteur bei Radio Schleswig-Holstein (R.SH), dem ersten landesweiten Privatsender Deutschlands. Seit über 20 Jahren ist er der Moderator von „Carsten Köthe's Frühstücksclub". Für die jährliche Hilfsaktion „Carsten Köthe hilft helfen" wurde er 2011 mit dem Verdienstorden des Landes Schleswig-Holstein ausgezeichnet.

Carsten Köthe lebt mit seiner Frau Miriam in Kiel. Gemeinsam mit ihr veröffentlichte er 2010 das Krebs-Mutmach-Buch „Teufelchen in der Brust".

Köthe Verlag
Verlegerin: Miriam Köthe
Postfach 58 43
24065 Kiel

www.koethe-verlag.de
E-Mail: info@koethe-verlag.de

Autor: Carsten Köthe

Originaltitel: Toast mit Ohren

1. Auflage
ISBN 978-3-9813934-2-2

Fotos: siehe Bildnachweis hinten
Konzeption, Beratung, Titelgestaltung, Satz: ROCKmedia, Frömming & Struck GbR, Kiel
Art Direction: Ann Katrin Siedenburg, ROCKmedia
Druck+Klebebindung: G+D Grafik+Druck GmbH&Co KG, Kiel /
mit freundlicher Unterstützung der Firma Frank-Druck, Preetz

CARSTEN KÖTHE

TOAST MIT OHREN

GESCHICHTEN AUS DEM RADIO UND AUS DEM LEBEN

Köthe Verlag

VORWORT

„Sind Sie nicht der aus dem Radio?“ Diese Frage höre ich seit Jahren, wenn ich mich am Telefon melde oder wenn ich irgendwo meinen Namen angeben soll. Und dann sage ich meistens ganz stolz: „Ja, das bin ich.“

Carsten Köthe, Jahrgang 1962, geboren und aufgewachsen in Ratzeburg. Abi, Lehre, Bundeswehr, Studium (na gut, immerhin ein Semester), seit 1987 einer aus dem Team von R.SH und seit über 20 Jahren die Stimme am Morgen aus „Carsten Köthe's Frühstücksclub“.

Und dann sind da immer neun weitere Fragen:

„Wie sind Sie denn Moderator geworden?“
„Und was haben Sie vorher gemacht?“
„Gab's auch peinliche Momente?“
„Welche Promis haben Sie denn so getroffen?“
„Ist Ihnen mal 'ne heftige Panne passiert?“
„Wollten Sie eigentlich nie zum Fernsehen wechseln?“
„Was war das tollste Erlebnis in all den Jahren?“
„Wann müssen Sie denn morgens aufstehen?“
und
„Sie Armer! Wie lange wollen Sie diesen Früh-Job bloß noch machen?“

Fragen über Fragen. Sehen Sie, und dieses Buch gibt die Antworten. Es sind zum einen spannende, witzige und manchmal auch nachdenkliche Storys aus 25 Jahren R.SH. Sie erfahren, warum ein Kollege plötzlich „Köthis Mutti“ wurde, was die „Gülle rund um Plön“ war und was Opas Beerdigung und ein Spiel im Radio miteinander zu tun hatten.

Zum anderen sind es jede Menge Erinnerungen an unbeschwerte Kinderjahre, an Urlaubsfahrten mit der Familie, an „Dalli Dalli“ und „Am laufenden Band“, an sportliche Misserfolge, an „Versetzung gefährdet“, an erste Knutschversuche auf Klassenfahrten und an Krankfeiern bei der Bundeswehr. Kurzum: Es könnten wahrscheinlich auch Ihre Erlebnisse sein. (Im Buch sind diese Erinnerungen immer fett gedruckt.)

Und alles zusammen ergibt – meine kleine Geschichte. Die Geschichte eines lütten Jungen, der immer davon geträumt hat, eines Tages mal beim Radio zu arbeiten.

Dieses Buch ist allen gewidmet, die mir geholfen haben, meinen Traum wahr zu machen. Vor allem Hermann Stümpert, dem ersten Programmdirektor von R.SH, und Harald Pehlke, unserem langjährigen Geschäftsführer. Beide sind viel zu früh verstorben. Wer weiß, wo ich ohne ihre Unterstützung heute wäre.

Dieses Buch ist zugleich ein Dankeschön an alle, die mir Türen geöffnet und Wege geebnet haben. Ich nenne hier bewusst keine Namen, aus Angst, jemanden zu vergessen. Ihnen und euch allen bin ich zu großem Dank verpflichtet.

Und dieses Buch ist eine Liebeserklärung an meine Frau Miriam, die immer zu mir gesagt hat: „Jetzt schreib das endlich mal.“

Hetz mich nicht so. Hier ist es.

GLÜCKSPILZ ODER DAS INTERVIEW, DAS NIE EINER HÖRTE

„Jippie!!!" Da war er! Endlich! Mein erster Kassettenrekorder. In geschmackvoller PVC-Tragevorrichtung und mit leistungsstarkem Mikrofon (samt Plastik-Mikro-Ständer) ausgerüstet. Jetzt konnte es losgehen. Meiner Karriere als Sport-Reporter stand nichts mehr im Wege.

Sport-Reporter, das schien mir damals – ich weiß gar nicht mehr genau, wie alt ich war – das Nonplusultra der Berufswahl zu sein. Mit meinem Vater war ich ein paar Wochen zuvor beim HSV gewesen (mit dem Bus von Ratzeburg nach Hamburg-Bergedorf, von dort mit dem Bus nach Hamburg-Hauptbahnhof, von dort mit der S-Bahn nach Hamburg-Stellingen, von dort zu Fuß zum Stadion – heute sind Sie schneller in New York als wir damals im Volksparkstadion). Unsere Plätze waren direkt unterhalb der Sprecherkabinen, wo die Rundfunk-Reporter saßen und das Spiel kommentierten.

Jetzt mal ehrlich, konnte man sich einen besseren Job vorstellen als Sport-Reporter? Die Typen hatten Sahne-Plätze, konnten sich immer die coolsten Fußballspiele angucken, quatschten dabei ein wenig in ihr Mikro und bekamen am Ende des Monats wahrscheinlich 'ne ziemliche Menge Geld.

Jetzt konnten sich Kurt Emmerich, Jochen Hageleit und Helmut Poppen, und wie die ganzen Reporter-Legenden hießen, mal schön warm anziehen – ein wenig Übung, dann würde meine kometenhafte Karriere beginnen. Als Erstes schloss ich mich zu Hause auf dem Klo ein, hier hatte ich am meisten Ruhe, vor allem vor meiner Schwester. Und schon begann meine erste „Live-Reportage": „... Beckenbauer zu Müller ... der ist im Strafraum ... schießt ... abgewehrt von Berti Vogts ... jetzt läuft der Gegenzug der Gladbacher Borussen ... über den linken Flügel ..."

In der 85. Minute („mein Spiel" stand 1:1 und es war ungeheuer spannend) geschah das Unfassbare: Das Spiel musste unterbrochen werden, weil meine Schwester gegen die Toilettentür trommelte und rief: „Ich muss mal." Ausgerechnet jetzt. Gleich würde Sepp Maier einen Elfmeter halten und anschließend dann die Bayern den 2:1-Siegtreffer erzielen (das war immer so in meinen Reportagen, schließlich war ich Bayern-Fan). Und natürlich bekam meine Schwester auch noch Unterstützung von meinen Eltern, die sagten: „Mach doch morgen weiter mit deiner Reportage." Widerstand war zwecklos. Ich beendete meine Einblendung, gab „zurück in die angeschlossenen Funkhäuser", kündigte aber rasch noch den Knaller an: Morgen würde hier der HSV gegen Werder Bremen spielen. (Zur Info: In meiner nächsten Reportage gewann der HSV 2:0 durch zwei Treffer von Uwe Seeler.)

Aber nun musste Familie Köthe ja erst einmal geschlossen auf Toilette. Nun gut, wer konnte damals auch ahnen, dass diese kleine Geschichte viele Jahre später in die „Nachspielzeit" gehen würde.

Juni 1987. Da lag ich nun. Fieber. 38,5 Grad. Mindestens. Toll.

Draußen schien die Sonne, die Kumpels waren wahrscheinlich komplett versammelt am Strand und ich litt in meinem kleinen Studentenzimmer vor mich hin. Mein Wohnheim war das Professor-Hallermann-Haus in Kiel. Es gab damals drei Hausteile. Blau, rot, gelb. Ich war im roten Teil. Nur mit ganz viel Glück hatte ich hier ein Zimmer ergattern können. Neun Quadratmeter, ein Bett, eine lütte Ablage, ein Schreibtisch. Und eine winzige Nasszelle. Die war so klein, dass man sich beim Duschen die Ellenbogen stieß. Aber egal, viel mehr brauchte ich als Student nicht. Seit gut einem halben Jahr wohnte ich hier. Ab und an studierte ich sogar: Politik, Literatur und Geschichte.

Dieses verdammte Fieber.

Auf meinem Nachttisch plärrte der Radiowecker vor sich hin. Das Teil hatte zwar schon ein paar Jahre auf dem Buckel, aber wenigstens hatte es bereits eine LED-Anzeige und man konnte das Licht dimmen. (Der erste Radiowecker meiner Mutter hätte Jahre zuvor problemlos einem Fußballplatz als Flutlichtanlage dienen können. Und alle 60 Sekunden kippten mit einem ohrenbetäubend lauten „Kalacka-Kalacka" die Minuten-Tafeln um und die neue Zeit wurde angezeigt.)

Im Radio lief R.SH.

Seit fast einem Jahr gab's diesen Sender jetzt schon. Als R.SH auf Sendung ging, war ich bei der Bundeswehr in Wentorf bei Hamburg. Es war völlig abgefahren: Vom ersten Sendetag an waren alle Radios in der gesamten Kaserne auf R.SH umgestellt worden, und das, obwohl es bei denen drunter und drüber zu gehen schien. Musiktitel, die sich scheinbar stündlich wiederholten, Nachrichtensprecher, die manchmal mehr schlecht als recht durch Meldungen stolperten, und ab und zu war auch mal überhaupt nichts mehr zu hören. Sendeloch. Aber sie klangen unfassbar fröhlich. Und irgendwie anders, nicht so „verstaubt". Und die Moderatoren schienen Typen zum Anfassen zu sein. Menschen wie du und ich. Gerade liefen die letzten Takte der Beach Boys, dann redete irgendein Moderator:

„… jetzt kommt Ihre Chance … wir suchen einen Co-Moderator für das Fußball-Pokalfinale in Berlin zwischen dem HSV und den Stuttgarter Kickers …"

Ich drehte das Radio lauter.

„... schicken Sie uns eine Kassette mit einer Fußballmoderation an R.SH, Funkhaus Wittland, in Kiel. Der Sieger fliegt mit nach Berlin und moderiert mit unserem Reporter das Finale ..."

Dann kam wieder so ein Gesang, den es nur bei R.SH gab und den man früher aus dem Radio überhaupt nicht kannte: „Der Norden, der Norden, der Norden dreht auf. Radio Schleswig-Holsteeiiiinn ..."

Ich glaube, ich saß senkrecht im Bett. Das war sie! Die Chance, auf die ich gewartet hatte. Eine Fußball-Moderation auf Kassette – nichts einfacher als das. Das würde ich können, das hatte ich schließlich seit frühester Kindheit geübt.

Aber, schon gingen die Probleme los. Wie sollte ich das mit der Aufnahme hinkriegen? Ich hatte verflucht noch mal Fieber – und ich hatte keinen Kassettenrekorder auf meinem Zimmer.

Ulli!

Meine Freundin wohnte auch im Studentenwohnheim, blauer Gebäudeteil. Sie hatte einen Radiorekorder. So ein Riesenteil, das in etwa aussah wie ein Ghettoblaster, mit dem Jahre später die Jugendlichen durch die Straßen zogen. Vor allem aber hatte das Ding ein eingebautes Mikrofon.

Eine Stunde später saß ich in Pyjama und Bademantel am Schreibtisch und schilderte mit Schüttelfrost, aber trotzdem voller Begeisterung die fiktive Szene eines Aufstiegs-Spiels zwischen dem VfB Lübeck und Eutin 08: „Der VfB jetzt über linke Seite, der Ball abgefangen, ruhiger Spielaufbau der Eutiner, jetzt müsste es schnell gehen ... da kommt der Pass in die Mitte ... der Eutiner Mittelstürmer frei vorm Tor ... und er jagt den Ball über die Querlatte ... Junge, Junge ... das war 'ne Chance ... so viele kriegst du nicht noch einmal ... Abstoß vom Tor des VfB ..."

Am nächsten Tag brachte ich die Kassette persönlich zum Funkhaus. Der Postweg war mir zu riskant, außerdem hatten die im Radio gesagt, die Sache wäre eilig. Ich verfuhr mich – wie immer. Kiel ist nun wirklich keine Riesengroßstadt, aber mein Orientierungssinn ist für Städte über 20.000 Einwohner einfach nicht gemacht.

Es muss um den 20. Juni herum gewesen sein, da klingelte ich das erste Mal in meinem Leben an der Tür bei R.SH. Ich gab die Kassette ab und bekam im Gegenzug zwei Aufkleber sowie ein paar mitleidige Blicke, so nach dem Motto „Kopf hoch, Kleiner, sollte es nicht klappen". Aber, ich hatte dem Redakteur ohnehin einen Brief dazugelegt. Der letzte Satz lautete: „Ich habe meine Koffer auf jeden Fall schon gepackt. Und sollte ich nicht gewinnen, merkt euch unbedingt meinen Namen. Früher oder später komme ich bestimmt zu euch." Das war am Mittwoch.

Donnerstag war Feiertag. Fieber.

Am Freitag klebte ein gelbes Post-it an meiner Zimmertür. Darauf stand: „Carsten, du sollst bei R.SH anrufen. Wichtig!"

Es gab natürlich keine Telefone auf den Zimmern. Jede Etage hatte lediglich einen Wandapparat und wer von den Mitstudenten beim Klingeln gerade in der Nähe war, ging eben ran. Dann wurde an der entsprechenden Zimmertür geklopft. Oder halt ein Zettel an die Tür geklebt.

Kreisch! Freitag, nach 18.00 Uhr, Telefonzentrale nicht mehr besetzt. Die hatten bei R.SH doch immer gesagt, sie hätten da eine Rufnummer: 0431/5051. Nett war sie ja, die Dame am Telefon, aber sie sagte: „Nein, hier ist keiner mehr, der das wissen könnte ... die Sportredaktion ist schon los ... natürlich, Montag kann man Ihnen gewiss helfen ... ja, wenn sie zurückrufen sollten, kann das ja nur was Gutes bedeuten ... Schönes Wochenende."

Um es kurz zu machen, ich hatte diesen Wettbewerb gewonnen. Spötter im Funkhaus behaupten heute noch, ich wäre der einzige Teilnehmer gewesen. Ja, ja, sehr komisch. Egal. Ein paar Tage später machte ich mich auf nach Berlin.

Ich bin mitten in der Nacht nach Hamburg losgefahren. Der Flug von dort ging zwar erst um 9.00 Uhr, aber – sicher ist sicher. Erstens war ich noch nie geflogen und wusste von daher auch überhaupt nicht, was mich auf dem Flughafen erwarten würde. Zweitens fuhr ich zu der Zeit einen uralten roten Audi 50, der nur startete, wenn ich mit einem Vorschlaghammer zuvor zweimal auf den Anlasser gedroschen hatte. Sollte der Wagen in Höhe Neumünster liegen bleiben, wollte ich immer noch genug Zeit haben, um Hilfe rufen zu können. Hauptsache, ich würde um 9.00 Uhr im Flieger sitzen. Und das tat ich.

Der Tag war einer von der Sorte „Heute-gelingt-alles". Michael Wiese, der HSV-Reporter von R.SH, war schon einen Tag zuvor nach Berlin geflogen. Wir trafen uns in einem Hotel, beschnupperten uns und dann ging es los Richtung Stadion. Berlin, 90.000 Zuschauer, Olympiastadion, Pressetribüne – mehr ging gar nicht. Dort wollte ich immer hin, nun war ich da.

Das Spiel war spannend, die Stuttgarter konnten als krasser Außenseiter lange Zeit mithalten. Am Ende siegte der HSV dennoch standesgemäß mit 3:1. Fans werden sich an den Treffer von Manni Kaltz zur 2:1-Führung erinnern, einen Freistoß, den er um die Mauer herum ins kurze Eck zirkelte.

Michael hatte das Spiel kommentiert und mir hin und wieder das Mikro hingehalten, so dass ich auch ein paar Sätze zum Spiel sagen konnte.

Nach der Partie drückte er mir das Aufnahmegerät, genannt TCD, in die Hand. Mit dem Ding würde ich klarkommen, sah genauso aus wie mein Kassettenrekorder von damals. Und er sagte: „Versuch doch schon mal, zur Ehrentribüne zu kommen. Vielleicht kriegst du ein paar Stimmen."

Ich flitzte los und drängte mich durch Menschenmassen dorthin, wo gleich die Siegerehrung stattfinden sollte. Vor der Tür der Ehrentribüne standen zwei Typen, beide zwei Meter groß, beide einen Meter breit, beide kurze Haare, beide grimmiger Blick. „Wohin soll's denn gehen, junger Mann?"

„Da rein. Ich soll Interviews führen." Ich dachte nur: „Aus dem Weg, ihr Lümmel, hier kommt Star-Reporter Köthe auf dem Weg zu den Mega-Promis."

Jedoch: „Ist noch nicht erlaubt! Jetzt ist Pokalübergabe, danach kannst du da rein. Wenn du 'ne Interviewkarte hast."

Hatte ich natürlich nicht. Toll. Ich sah mich schon ohne Aufnahmen zurückkehren, die Radio-Karriere würde zu Ende gehen, noch bevor sie richtig begonnen hatte. Es gab nur eine Chance: mördermäßig auf Mitleid machen! „Hören Sie bitte, die Geschichte hier heute habe ich bei einem Radiosender gewonnen. Und wenn ich das gut mache, wird da ja vielleicht mehr draus. Aber wenn ich natürlich ohne Interviews…" Ich redete und redete und redete. Entweder hatten die Typen irgendwann tatsächlich Mitleid mit mir oder mein Gequatsche ging ihnen schwer auf die Nerven, jedenfalls sagte einer von beiden plötzlich: „Okay, darfst durch. Aber wenn du Mist baust, holen wir dich da raus." Dann hörte ich noch, wie sie nach hinten irgendwelchen VIP-Verantwortlichen zuriefen: „Ist in Ordnung! Lassen Sie mal den Kleinen nach vorne!"

Ich frag' mich heute manchmal, ob mein Leben möglicherweise anders verlaufen wäre, wenn die Aufpasser am Eingang stur geblieben wären. So jedenfalls stand ich plötzlich auf der Ehrentribüne und wusste gar nicht, wie mir geschah. Links sah ich Promis, rechts sah ich Promis, vor allem Fußballer und natürlich jede Menge Politiker.

Ganz vorne erblickte ich Eberhard Diepgen, seinerzeit der regierende Bürgermeister von Berlin. Er schüttelte gerade die Hände der glücklichen HSV-Spieler, da stand ich bereits in der ersten Reihe neben ihm. „Herr Bürgermeister, was sagen Sie zum Spiel? War ein Hammer, oder?"

Dieser Moment sorgte gleich für doppelte Verwirrung: In Kiel saßen ganz viele R.SH-Mitarbeiter vorm Fernseher und fragten sich: „Wer ist diese halbe Portion mit unserem Mikrofon?" Und in Berlin fragte sich der regierende Bürgermeister wahrscheinlich gerade: „Wer ist dieser Bengel und warum quatscht der mich von der Seite an?" Er sah zu mir runter. „Für welchen Sender arbeiten Sie?"

„Im Moment noch für keinen, aber das wird sich hoffentlich bald ändern. Heute bin ich hier für R.SH, R.SH ist ein Privatsender in Schleswig-Holstein und ich habe diesen Tag heute gewonnen. Und wenn ich das hier gut mache, ..." Es war dieselbe Story, die ich auch den Türstehern erzählt hatte. Was bei denen ganz gut ankam, müsste doch auch hier funktionieren. Tat es auch. Eberhard Diepgen blieb zwar ein wenig mürrisch, aber ich bekam mein Interview. Mein erstes Interview! Hurra!

Leider hat es nie einer gehört!

Ich hatte in all der Aufregung vergessen, den blöden, roten Aufnahmeknopf zu drücken.

Scheiße, Scheiße, Scheiße.

Wie konnte ich nur so dämlich sein? Schon wieder sah ich, wie mein Radio-Traum seifenblasenmäßig zerplatzte. Ich konnte ja auch schlecht noch mal zu Diepgen gehen und sagen: „Verzeihung, können wir das Interview bitte wiederholen – mein Gerät war nicht eingeschaltet." Zum Glück blieb zum Jammern keine Zeit, die Promis liefen mir nur so vors Mikrofon: Franz Beckenbauer, Uwe Seeler, Wolfgang Schäuble, alle waren sie da. Und alle sprachen in mein Aufnahmegerät, das dann natürlich eingeschaltet war.

Mir sind übrigens in den Jahren danach alle technischen Pannen dieser Welt passiert: Batterien alle, Bandsalat, Mikrofon kaputt. Aber ich habe nie, nie, nie wieder vergessen, den Aufnahmeknopf zu drücken!

Michael und ich sind spät abends nach Hamburg zurückgeflogen, müde und abgekämpft. Mehr als dieser Tag ging gar nicht. Dachte ich jedenfalls, bis Michael fragte: „Kommst du noch mit zur Pokalfeier?"

„Welche Pokalfeier?"

„Der HSV feiert heute Abend noch in der City. Alle werden dort sein. Wird sicher nett." (Ich weiß beim besten Willen nicht mehr, in welchem Hotel genau die Feier stattfand. War auf jeden Fall ein schickes Ding. In so einem war ich definitiv zuvor noch nie gewesen.) So sind wir also noch zur großen Pokalsause gefahren. Als wir ankamen, waren schon ohne Ende Hamburger Promis da, irgendwann später kam die Mannschaft, johlend und den Pokal schwenkend. So viel stand fest: Die hatten auf dem Rückflug nicht nur Tomatensaft getrunken.

Früh am Morgen habe ich mich von Michael verabschiedet. Wir waren ja mit zwei Autos in Hamburg und würden getrennt zurück nach Kiel düsen. „Hey, das war ein Riesentag, vielen Dank für alles." Dann bin ich die A 7 nach Hause gefahren. Unterwegs musste ich an zwei Rastplätzen anhalten, so müde war ich. Als ich in meinem kleinen Zimmer im Wohnheim ankam, wurde es draußen hell.

Ein paar Tage später feierte R.SH seinen ersten Geburtstag. Den ganzen Tag hieß es im Radio: „Kommen Sie vorbei und feiern Sie mit uns direkt vor dem Funkhaus. Kaffee und Kuchen haben wir da, aber bringen Sie bitte eine Tasse und 'nen kleinen Stuhl mit." Als ich ankam, herrschte bereits das völlige Chaos, aber alle waren fröhlich und feierten. Mittendrin entdeckte ich den R.SH-Programmdirektor Hermann Stümpert. Er war leicht zu erkennen; erstens kannte ich ihn von Fotos aus der Zeitung und zweitens war er auch nicht so einfach zu übersehen. Um es mal vorsichtig auszudrücken: Er war schon stattlich. Ich sagte: „Hallo, ich bin der, der die Berlin-Reise zum Pokal-Finale gewonnen hat. Ich wollte nur noch mal danke sagen. Das war 'ne Riesensache."

Und er antwortete: „Sie waren das? Ich sage Ihnen jetzt mal was: Das wird nicht das letzte Mal gewesen sein, dass wir Sie im Radio gehört haben."

Der Mann sollte Recht behalten. Ein paar Wochen später begann ich mein dreimonatiges Praktikum. Niemand bei R.SH hatte sich dafür interessiert, was ich vorher gemacht hatte, keiner hatte nach Ausbildung oder Studium gefragt. Komische Sitten. Anfang der 80er hatte ich mich bei der großen öffentlich-rechtlichen Konkurrenz beworben, damals sah die Sache ganz anders aus. Ich saß in einer Volontärs-Sichtungsgruppe inmitten von Leuten, die mir allesamt unfassbar alt vorkamen. Die waren bestimmt schon so um die 35 Jahre alt und hatten dem Anschein nach jeder schätzungsweise zwei bis drei abgeschlossene Studiengänge im Gepäck. Ich war Anfang 20 und hatte zwei Wurstbrote von Mutti in einem braunen Aktenkoffer dabei. So viel zur Ausgangslage, jetzt war das große Auswahlverfahren angesagt. Eine Aufgabe lautete: „Erstellen und sprechen Sie einen Kommentar." Die Themen waren unter anderem „USA und Abrüstung – auch im Weltraum?" oder „Rotationsprinzip bei den Grünen – ja oder nein"? Hallo? Ich wollte Volontär werden und nicht gleich Programmdirektor. Logisch, dass ich abends vor dem Auswahlgremium gegen all die Langzeitstudierten mit Pauken und Trompeten verlor.

Bei R.SH zählte hingegen nur eins: Hat er Talent? Passt er ins Team? Ist er von ganzem Herzen Schleswig-Holsteiner? So wurde das damals immer gemacht. Mein Freund Theo zum Beispiel hatte als Nachtwächter (!) bei R.SH begonnen. Das war sein Studentenjob, mit dem er sein karges Bafög für sein Jura-Studium ein wenig aufzubessern versuchte.

Irgendwann wurde es ihm zu langweilig und er begann nebenbei am R.SH-Telefon die Fragen der Hörerinnen und Hörer zu beantworten. Der Chef hörte im Vorbeigehen die Gespräche und sagte: „Hey, Sie sind originell. Kommen Sie fest zu uns in die Redaktion." Hat Theo gemacht. Danach war er viele Jahre ein klasse Rundfunk-Mann und später ein erfolgreicher Fernseh-Redakteur in München.

So kam damals wie heute immer ein buntgemischter Haufen zusammen: Leute mit 'ner Kaufmannslehre, abgebrochene Studenten, Nachtwächter – alles war dabei. Und alle hatten nur einen Wunsch: Radio machen. Diesen Wunsch hatte ich auch, aber Mutti und Papi hatten gesagt: „Nix da. Bevor du diesen brotlosen Beruf ergreifst, wird was Vernünftiges gelernt. Da hast du was fürs Leben!"

LEHRJAHRE ODER WIE WÄR'S MAL MIT GEHALT?

Ich hatte den Satz schon dutzendmal von meinen Eltern gehört: „Jetzt beginnt der Ernst des Lebens." (Zuletzt war das, als ich das erste Mal bei meiner Freundin übernachten durfte ...) Doch damals, am 1. August 1981, war wirklich Schluss mit lustig. Es war mein erster Ausbildungstag zum Verlagskaufmann in Lübeck bei Ehrlich & Sohn, einem Verlag, der damals unter anderem die „Frau im Spiegel" herausbrachte.

Nur, wie soll der Ernst des Lebens beginnen, wenn man aussieht wie einer, der in der Geisterbahn Leute erschreckt? Mutti hatte mich in ein schlecht sitzendes Cord-Jackett genötigt und mir (gegen meinen Willen!) eine blaue Lederkrawatte umgebunden. Kein Wunder, dass ich in dem Aufzug gleich ins Firmen-Lager gesteckt wurde. Tageslicht gab es hier nur durch einen winzigen Spalt in der Hallendecke, ich musste einen grauen Kittel tragen und Kundenkontakt gab es hier natürlich auch nicht. Genau das Richtige für junge Menschen, die blaue Lederbinder tragen. Strafe muss sein.

Wenigstens wurde mir bereits durch meine erste große Aufgabe die Sorge genommen, ich würde den Grundanforderungen der Kaufmannslehre aufgrund meiner nur bruchstückhaften Erinnerung an die meisten Mathe-Stunden womöglich nicht genügen:

Ich durfte im Materiallager Bestände zählen. 15 Tuben UHU, 22 Rollen Tesa-Film, 44 Fläschchen Tipp-Ex, 2 Kartons Klarsichthüllen, oben offen. „Aufgepasst, es gibt auch welche, die sind oben und seitlich offen. Kommen Sie nicht durch den Tüdel, Herr Köthe“, mahnte mein Ausbilder noch. „Wird schon gehen, Chef.“

Material zählen! Jahrelang hatte ich mich mit binomischen Formeln und Kurvenberechnungen herumgeplagt, nur um nun festzustellen, dass es im Arbeitsleben manchmal reicht, fehlerfrei bis 50 zählen zu können (so viele Radiergummis waren auf Lager). Zudem hatte ich durch das spärliche Tageslicht irgendwann jedes Zeitgefühl verloren. Schätzungsweise gegen Mittag kam es mir so vor, als hätte ich schon drei Tage durchgezählt.

Wenigstens war ich zum rechten Moment in die Firma gekommen: Zwei Wochen später war das erste Betriebsfest. Noch heute wird im ehemaligen Kollegenkreis erzählt, ich hätte den Verlagsdirektor zu vorgerückter Stunde gefragt, wie lange er seinen Job eigentlich noch machen wolle. Kleiner Tipp: Es gibt elegantere Möglichkeiten, die Karriereleiter im Sturzflug hinunterzurauschen.

Überhaupt: Vorsicht vor dem Chef. Wenn er am ersten Tag sagt: „Meine Tür steht immer für Sie offen“, heißt das im Klartext so viel wie: „Wenn du dich in den nächsten drei Jahren auch nur einmal hier blicken lässt, ramme ich dich unangespitzt in den Boden, mein Freund.“

Im Berufsleben sind nämlich viele Dinge verklausuliert. In meinem Lehrzeugnis steht als letzter Satz zum Beispiel: „Herr Köthe ist ausgesprochen kontaktfreudig.“ Klingt super, heißt aber übersetzt: Herr Köthe jagt Sekretärinnen hinterher und ist ein nervtötender Quasselkopf.

Na, wenigstens bekam ich vom ersten Tag meiner Lehre an ein Gehalt. Später bei R.SH war das etwas anders …

Meinen ersten richtigen R.SH-Vertrag bekam ich am Ende meines Praktikums, wobei – eigentlich war es gar kein Vertrag, sondern ein Handschlag. Im Dezember, zwei Wochen bevor mein Praktikum zu Ende gehen sollte, hatte Herr Stümpert mich in sein Büro gerufen. „Ich mache Ihnen jetzt mal einen Vorschlag, der ist so super, den können Sie nicht ablehnen."

„Ich höre."

„Thomas, unser Kiel-Reporter, wechselt im neuen Jahr nach Hamburg und Sie werden ab dem 1.1. sein Nachfolger. Was halten Sie davon?"

„Super. Sehr gerne."

„Prima", sagte er und gab mir die Hand. „Dann jetzt mal wieder an die Arbeit."

Das war's. Ich schwöre! Das war mein Einstellungsgespräch bei R.SH. Es hat keine zehn Sekunden gedauert. Wir haben nicht über Arbeitszeiten gesprochen, auch nicht über Urlaub und schon gar nicht über Gehalt.

Vielleicht macht diese Geschichte deutlich, wie die Stimmung war, 1987. Ich wäre nie auf den Gedanken gekommen, nach Gehalt zu fragen. Ich würde einen guten Job machen und dann würden die schon was zahlen. Arbeitszeiten? Egal! Urlaub? Wird sich schon irgendwie regeln lassen. So dachte ich jedenfalls.

Der Januar ging rum, ich hatte gebuckelt wie ein Verrückter – auf meinem Konto war kein Geld. Der Februar ging rum, wieder mit Arbeit von früh bis spät – auf meinem Konto war immer noch kein Geld. Anfang März war ich tief in den Miesen. Ich ging zur Chefsekretärin und stammelte: „Ähm, ich wollte was fragen. Also, ich habe bislang noch kein Gehalt auf dem Konto und ich arbeite hier doch schon seit …“

„Haben Sie denn schon ’ne Rechnung gestellt?“

„Wie, ’ne Rechnung?“

„Na ja, da Sie noch keinen Vertrag haben, sind Sie freier Mitarbeiter und müssen uns für alles, was Sie hier machen, eine Rechnung schreiben. Die reichen Sie ein und dann kommt das Geld.“

Aha! So ging das also. In mühsamer, nächtelanger Kleinarbeit habe ich damals meine ganzen Beiträge und Reportagen nachvollzogen und meine erste Rechnung geschrieben. Schon war mein Konto wieder im Plus. Zwei Tage später stand der Programmdirektor an meinem Schreibtisch. „Sie verdienen mehr als ich“, sagte er. Ich erwiderte: „Tüchtig arbeiten, dann schaffen Sie das auch!“ Der Chef lachte und sagte: „Nachher machen wir einen richtigen Vertrag.“

Vom ersten Tag an hatte ich übrigens meinen Reporter-Dienstwagen, einen VW-Passat, mit dem ich fortan auf dem Wohnheim-Parkplatz parkte. Als Reporter war ich schließlich Tag und Nacht im Einsatz. Und am Wochenende oft zusätzlich als Handball- oder Fußball-Kommentator. Ich glaube, ich musste damals bei der Übergabe nicht einmal meinen Führerschein vorlegen. Das ist heute alles anders und das ist auch gut so. Wir hatten ganz früher zum Beispiel mal einen Kollegen eingestellt, der seinen Job als Reporter antrat und erst nach etwa drei Wochen (!) zugab: „Ach, Leute, übrigens: Ich hab’ gerade keinen Lappen.“ Das war dann auch sein letzter Tag im Team. Wir hatten aber auch mal einen fröhlichen Prakti, den ich an seinem dritten Tag zu einem Feuer aufs Kieler Ostufer geschickt hatte mit den Worten: „Fahr los, hol uns Töne von der Feuerwehr und von Anwohnern, okay?“ „Alles klar, mach’ ich!“

Eine halbe Stunde später entdeckte ein Kollege unseren „rasenden Reporter" – allerdings an der Bushaltestelle bei uns am Funkhaus! „Was machst du denn hier?"

„Ich warte auf den Bus. Mit der 5 fahre ich zum Hauptbahnhof und dann mit der 12 rüber nach Laboe."

„Äh, und warum nimmst keinen Dienstwagen?"

Daraufhin der Prakti: „Darf ich ja nicht. Ich mache erst nächstes Jahr Führerschein!"

Ja, aller Anfang ist schwer. Das wurde mir schon am ersten Schultag klar.

DIE KLEINEN NACH VORNE ODER SCHRECKSEKUNDEN UND „DIE GÜLLE RUND UM PLÖN“

Nur mit Mühe konnte ich 1968 meine Schultüte buckeln und in mein erstes Klassenzimmer wuchten. Nicht, dass meine Eltern mir ein Riesenexemplar ausgesucht hätten. Es war die kleinste Schultüte, die aufzutreiben war, nur, die war immer noch groß genug, um mich um Haupteslänge zu überragen. Wenigstens war die Füllung in Ordnung: pfundweise Süßigkeiten, die jedem Zahnarzt einen kalten Schauer über den Rücken gejagt hätten. (Wahlweise hätte ich mir Karies auch direkt in die Zähne implantieren lassen können.) Angefangen von Schokolinsen (weiß und rosa) bis hin zu so glatten Bonbons in allen möglichen Geschmacksrichtungen, die man immer aus Versehen verschluckte und die dann im Hals stecken blieben. Daraufhin wurde ich von Mutti immer auf den Kopf gestellt, ein kurzes Röcheln ertönte und – schwups – war der Bonbon wieder da.

Weitere Probleme ergaben sich durch meinen Schulranzen. Von wegen federleicht und kinderfreundlich mit lustigen Paulchen-Panther-Motiven. Meiner war ein etwa ein mal ein Meter großes, braunes Leder-Ungetüm, das links und rechts über mein schmales Kreuz hinausragte. Folglich blieb ich auf meinem Schulweg an jedem Laternenpfahl hängen.

Problematischerweise war die knallharte Leder-Lasche meines Ranzens auch noch so unbeweglich, dass sie nur mit vereinten Kräften zu öffnen war. Beim ersten Versuch hatten mir meine Eltern noch geholfen, doch nun sollten sie den Klassenraum verlassen. „Nicht weinen", hatte Mutti mir beim Rausgehen gesagt. Wieso sollte ich weinen? Ein bisschen Ruhe tat mir nach dem turbulenten Morgen schließlich ganz gut. Außerdem würde ich auch alleine prima zurechtkommen.

Dachte ich jedenfalls, bis meine wunderbare Lehrerin uns aufforderte, unsere Schulsachen „unter den Tisch zu packen". „Lustiger Laden", hatte ich noch gedacht und meine Bücher, Hefte und die Federtasche auf den Fußboden gelegt, denn sie hatte doch gesagt „unter den Tisch". Doch meine Lehrerin kam zu mir und sagte: „Dorthin, Carsten, dorthin." Und dabei zeigte sie auf die Bücher-Ablage unter der Schulbank. Die hatte ich glatt übersehen. Hätte man mir auch vorher mal sagen können.

Wobei, das größte Fiasko hatte ich schon erlebt, bevor ich die Klasse betreten hatte: Irgendein Verkehrswacht-Heini hatte ausgerechnet mich aus der Menge der Erstklässler herausgefischt („Kleiner, komm du doch mal nach vorne" – grrrr) und mir vor der voll besetzten Aula diverse orange Verkehrssicherheits-Mützen aufgesetzt. Die lustige Pudelmütze, die neckische Käppi-Form, die alberne Zipfel-Variante. Ich sah mit allen gleich bekloppt aus. Fazit: Ich war noch keine fünf Minuten ABC-Schütze und hatte bereits für erste Lachsalven gesorgt. Meine Lehrerin soll damals zu meinen Eltern gesagt haben: „Für ihn kommt nur ein lustiger Beruf in Frage."

Viele denken heute wahrscheinlich: „Der Köthe hat doch schon immer so fröhlich den Frühstücksclub moderiert." Weit gefehlt, bevor es nämlich so weit war, habe ich so ziemlich alle Stationen durchlaufen, die es beim Radio gibt. Erst einmal wurde ich Kiel-Reporter. Hammer, war das aufregend. Mein Job war es, als Schnellster vor Ort zu sein und von dort zu berichten. Der Nachrichten-Chef sagte immer:

„Wenn irgendwo ein Bankraub ist, möchte ich, dass du den Täter festhältst und ihn fragst, was der Quatsch soll. Und wenn es irgendwo brennt, fang schon mal mit den Löscharbeiten an, und zwar so lange, bis die Feuerwehr eintrifft."

Dazu hatte ich jeden Morgen ein Live-Frühgespräch in der Vormittagsshow. Ich meldete mich vom Kieler Fernsehturm, aus einem U-Boot, aus dem örtlichen Klärwerk oder dem Kreißsaal eines Krankenhauses. Das Ganze immer per Telefon. Einmal meldete ich mich live von der Einweihung einer riesigen Badelandschaft, ein paar Kilometer von Kiel entfernt. Sämtliche Vorstandsmitglieder waren anwesend, der halbe Aufsichtsrat stand um mich herum, der Direktor der Sparkasse war dort, der Bürgermeister, der Bürgervorsteher, kurzum, alles was Rang und Namen hatte. Mittendrin saß ich vor einem der ersten Telefone mit dieser nagelneuen Lautsprecherfunktion – die war aber noch ausgeschaltet. Ich hatte den Telefonhörer also am Ohr und schnackte mit Christina Mänz, der Moderatorin im Studio. Dann schaltete sie mich um und ich hörte das Programm im Hörer. Kurz bevor wir auf Sendung gehen sollten, sprach sie mich an: „Carsten, wir sind gleich so weit. Der Titel läuft noch zwei Minuten."

Anschließend hatte ich wieder das Radio-Programm im Hörer, Musik, irgendwas von Barclay James Harvest, lief, jetzt war es nur noch eine Minute, dann würden wir live auf Sendung sein. Die Herren um mich herum platzten fast vor freudiger Erwartung, als der Bürgermeister plötzlich auf den Lautsprecherknopf am Telefon drückte und sagte: „Hier, dann können wir doch alle mithören."

Diese Aktion fand gefällige Zustimmung in der Runde der fröhlichen Honoratioren, Barclay James Harvest sangen jetzt also aus dem Lautsprecher, bis Christina unmittelbar vor der Talk-Runde einschaltete, um mir mitzuteilen, dass wir in 30 Sekunden live drauf sein würden. Hätte sie doch nur diese Worte gewählt! Stattdessen säuselte sie (aus Spaß!!!) in den Hörer: „So, gleich bist du dran, du kleines, scharfes Stück."

Sie hätten mal die Gesichter der Herrenrunde sehen sollen. Einige japsten, andere ließen vor Schreck die Begrüßungs-Schnittchen fallen und mein Interviewgast brauchte eine halbe Ewigkeit, bis er sich wieder gefangen hatte.

Ja, Radio kann auch so seine Tücken haben. Aber dafür, dass ich jetzt seit so vielen Jahren jeden Tag mit so vielen Menschen auf dem Sender spiele und schnacke, ist eigentlich kaum etwas passiert, bei dem ich groß zusammengezuckt hätte.

Wobei, ganz zu Anfang meiner Zeit bei R.SH hatte mich ein Hörer mal live auf dem Sender angepflaumt. Er hatte sich gerade einen Musiktitel bei mir gewünscht und ich war schon dabei, den Song rauszusuchen, als er plötzlich lospolterte: „Und eines will ich Ihnen mal sagen, das ist nicht in Ordnung, was Sie da machen! Das gehört sich nicht."

„Äh, Entschuldigung, was gehört sich nicht?"

„Das mit der Gülle."

„Wie? Gülle?" Wir waren immer noch live auf Sendung und ich konnte dem Herrn nach wie vor nicht ganz folgen. Das brachte ihn richtig in Rage. „Wir sind zwar eine ländliche Region, aber so kann man das nicht sagen!", wetterte er.

Ich verstand ihn immer noch nicht.

Er: „Sie singen immer ‚die Gülle rund um Plön'! Als ob hier alles voller Gülle wäre. Das müssen Sie abstellen, Herr Köthe."

Ich versicherte dem Anrufer, dass es sich um ein Missverständnis handeln musste und dass ganz gewiss niemand im Hause R.SH jemals „die Gülle rund um Plön" gesungen hatte. Der Anrufer war zwar nicht ganz beruhigt, aber er bekam seinen Wunschhit und die Sache schien erledigt.

Bis wir die ersten Briefe bekamen, worin stand: „Wir werden kein R.SH mehr hören!", „‚Die Gülle rund um Plön' ist eine Verunglimpfung unseres schönen Kreises!" oder „Hören Sie auf, die Stadt Plön schlechtzumachen. Hier riecht es nicht nach Gülle! Wir schalten Ihren Sender ab!".

Die ganze Geschichte war schon fast mysteriös, bis irgendwann ein Kollege zur Redaktionssitzung kam und losprustete: „Leute! Ich hab' es gerade bei uns gehört. ‚Die Gülle rund um Plön'! Es gibt sie wirklich."

Des Rätsels Lösung? Wir hatten damals neue Jingles einsingen lassen, das sind diese kleinen Musik-Elemente, mit denen man zwei Titel verbinden kann. Und die Texte waren so gehalten, dass jeder Hörer seine Region wiederfinden sollte.

Für die Region Kiel, Neumünster und Plön hieß es unter anderem: „Idylle rund um Plön, von Neumünster zu den Seen…" Idylle rund um Plön! Der Chef höchst persönlich hatte diesen kleinen Einspieler getextet! Idylle!!! Aber die Hörer verstanden gesungen tatsächlich „die Gülle". Heute gibt's bei uns oft die Rubrik „Der R.SH-Falschversteher". Darin geht es um Hits, in deren Text man irgendetwas in den falschen Hals bekommt. Wenn Sie so wollen, war „die Gülle rund um Plön" die Mutter aller Falschversteher.

Und dann war da ja auch noch vor vielen Jahren das Spiel „R.SH-Geburtstagsdreh": Hörer sagten uns ihr Geburtsdatum und wir haben an großen Glücksrädern im Studio versucht, das Datum zu erdrehen. Klappte das, gab's 500 Mark als Gewinn. Irgendwann hatte ich einen fröhlichen Herrn am Telefon. „Moin, hier ist der Jürgen", begrüßte er mich.

Ich: „Und Sie kommen aus?"

„Aus Norderstedt."

„Dann will ich mir mal Mühe geben, Ihr Geburtsdatum zu erdrehen. Wann wurden Sie geboren?"

Jürgen ganz gelassen: „Am 20. April …" Er war mit der Stimme oben, da würde also gleich noch was kommen. Ich dachte nur: „Sag das jetzt nicht", aber Jürgen redete munter weiter: „20. April! Führer-Geburtstag."

Rumms! Live auf dem Sender!

Ganz sicher war Jürgen politisch nicht rechts angehaucht, er hatte sich schlicht und ergreifend nichts bei seiner Äußerung gedacht. Trotzdem: Ich war zwei Sekunden sprachlos. Jürgen nutzte die Zeit, um in den Hörer zu rufen: „Köthi, bist du noch da?"

Ich stotterte: „Ja, ja … 20. April also … aber, warum sollen Sie damit nicht gewinnen … ich dreh' dann mal am großen Glücksrad …" Ich bin mir nicht mehr sicher, aber ich meine, Jürgen hat sogar 500 Mark gewonnen.

Und ich? Ich hatte klitschnasse Hände, als ich den Telefonhörer langsam zurück auf die Gabel legte. Und dann erinnerte ich mich an den Tag, als es bei Familie Köthe klingelte und ein freundlicher Herr sagte: „Ich komme, um ihr bestelltes Telefon anzuschließen."

ENDLICH ANSCHLUSS UNTER DIESER NUMMER ODER DER CASHCALL UND DIE BEERDIGUNG

Ich war sechs Jahre alt, als wir unser erstes Telefon bekamen. Es wurde auf dem Flur angebracht. (Wieso eigentlich wurden Telefone früher immer auf dem Flur installiert, dem einzigen Raum, der niemals beheizt wurde und wo es nie eine Sitzgelegenheit gab?) Die Ablage für den Apparat war in ungefähr zwei Metern Höhe. Vielleicht lag es auch nur an der Perspektive, aber definitiv kam es mir so hoch vor. Jedenfalls konnte ich einen Küchenstuhl nehmen und die Arme ganz ausstrecken, ich kam nur unter größten Mühen an den Hörer.

Mein entschiedener Protest wegen „kinderfeindlichen Anbringens von Telefongeräten" wurde vom Familienrat mit der fadenscheinigen Fernseh-Begründung weggewischt, bei „Lassie" sei das auch nicht anders. Stimmte sogar. Der ewig gescheitelte Timmy musste in der Küche auch immer 'nen Hocker ranholen, wenn er mit dem schwarzen Kurbelapparat an der Wand telefonieren wollte. Timmy ist übrigens der einzige mir bekannte Junge, der einmal pro Woche das unglaubliche Pech besaß, in ein matschiges Erdloch zu plumpsen. Zum Glück hatte Lassie das immer relativ zackig gemerkt und so lange gekläfft, bis Mutti und Papi ihren Sohn aus dem Matsch retten konnten. (Der Scheitel und das gebügelte karierte Hemd waren immer noch picobello.) Hätte es zu der Zeit schon Handys gegeben, hätte Timmy immer Hilfe per Telefon holen können. Dann allerdings wäre Lassie selbst überflüssig gewesen.

Egal, wir Köthes hatten jetzt auch so einen Klingelapparat. Einen schicken grauen mit Wählscheibe. Die Entscheidung für dieses formschöne Gerät fiel leicht, es gab damals nur graue Telefone mit Wählscheibe. Zur Verschönerung konnte man sich bestenfalls mit Brokatüberzügen behelfen. Die sahen aus wie aus Samt mit Spitzenbesatz und wurden über Gerät und Hörer rübergestülpt. Meine Eltern waren mal drauf und dran, sich so etwas zuzulegen. Ja, jetzt wurden sie alt.

Das erste tragbare Telefon habe ich mit etwa 20 Jahren im Fernsehen entdeckt – bei „Dallas". Das war dieses weiße Riesenteil, das Miss Ellie immer an den Pool bringen musste, weil die pummelige Lucy zu faul war, ihren Hintern von der gelb-weißen Gartenliege hochzukriegen. Damals hab' ich mich immer gefragt: „Ob wir in Deutschland wohl auch mal solche Telefone kriegen?"

Aber hallo! Und bei mir dauerte es gar nicht mehr so lange.

Ich war stolz wie Bolle. Zu einer Zeit, als die meisten noch von Mobiltelefonen träumten, war ich 1988 als rasender Kiel-Reporter bereits mit einem C-Netz-Mobiltelefon ausgerüstet. Wobei, „mobil" ist in diesem Fall relativ. Das Telefon war samt Akku in einem Alu-Koffer verstaut, Gesamtgewicht circa 20 Kilo. Das Gerät musste gefühlt drei Tage aufgeladen werden, danach hatte man eine Stand-by-Zeit von etwa einer Stunde. Stand-by wohlgemerkt, wenn man telefonierte machte der Akku bereits nach zehn Minuten schlapp.

Einmal bin ich mit dem Ding nach Schweden geflogen, dort ging es mit mehreren Journalisten an Bord der nagelneuen Stena Scandinavica zur Jungfernfahrt nach Kiel. Am nächsten Morgen sollte das Schiff mit Riesentrara in Kiel einlaufen, unter anderem wurde Königin Silvia zur offiziellen Taufzeremonie erwartet. Mein Auftrag: Live-Reportage abends vom Schiff, Live-Reportage morgens von der Ankunft und natürlich Live-Reportage vom Taufakt mit der Königin.

Um es gleich zu sagen: Keine der Reportagen hat stattgefunden. In Schweden verweigerte mir das großartige C-Netz jede Verbindung und morgens in Kiel war trotz mehrerer Versuche an Telefon-Empfang ebenfalls nicht zu denken.

Aber egal, der Höhepunkt mit der Ankunft der Königin stand ja noch aus. So stand ich also morgens in klirrender Kälte am Kai und wartete. Als Königin Silvia mit Riesengefolge kam, griff ich zum Hörer und bekam tatsächlich eine Telefonleitung ins Studio. Der Kollege rief mir zu: „Ich spiele jetzt noch was von Cliff Richard und dann gehen wir live drauf." Die Königin schritt inzwischen einen roten Teppich entlang und genau als sie direkt vor mir stand, hörte ich die Anmoderation in meinem Telefonhörer: „… und damit live zu Carsten Köthe. Ist die Königin schon da?"

Ich legte los: „Jawoll, Königin Silvia steht direkt vor mir. Gleich wird …" Tut … tut … tut. Ende! Das war's. Eigentlich hätte der Akku noch ein paar Minuten halten sollen, aber die Kälte an diesem Morgen hatte diesem Technik-Wunderwerk noch eher als sonst die Kraft geraubt.

So buckelte ich also völlig durchgefroren und ohne jeden Erfolg mein 20-Kilo-Handy zurück ins Funkhaus. Und 'nen Anpfiff vom Chef gab es auch noch. Na, wenigstens hatte ich mal 'ne echte Königin gesehen.

Hätte es die Erfindung des Telefons nicht gegeben, wäre mir auch sonst einiges erspart geblieben: zum Beispiel die Qual mit „Frank Bremsers Telefonschreck" (eine R.SH-Comedy, bei der Frank Telefonstreiche macht). Er hat mit seinen Anrufen schon ohne Ende Leute an den Rand des Wahnsinns getrieben. Die meisten nur ein Mal, mich hat dieser fiese Kerl gleich mehrfach erwischt und nicht ein einziges Mal wäre ich auch nur im Entferntesten auf die Idee gekommen, dass er hinter der Geschichte steckt.

Einen Streich hatte er gemeinsam mit dem Chef eines Kieler Reisebüros ausgeheckt. Dieses Mal hatte also nicht Frank seine Stimme verstellt, sondern er ließ den Reisebüro-Chef bei mir anrufen, bei dem meine Frau Miriam und ich unseren Urlaub gebucht hatten. „Du, Carsten, mit deiner Reise morgen stimmt was nicht."

„Wie, stimmt was nicht?"

„Das Geld ist noch nicht auf dem Konto und deshalb ist das nicht richtig gebucht worden."

Natürlich hatte ich die Kohle für den Urlaub längst überwiesen, dessen war ich mir todsicher. Also schnappte ich nach Luft. „Und was heißt das jetzt? Können wir morgen nicht fliegen, oder was?"

„Doch schon, aber ihr müsst einen anderen Flug nehmen. Also nicht direkt, sondern ihr landet einmal zwischen. Dort habt ihr zwei Tage Aufenthalt und von dort aus geht's weiter. Allerdings wird da im Moment gestreikt. Aber das wird schon."

Die ganze Zeit ratterte es in meinem Kopf. Zum einen überlegte ich, was ich tun konnte, um die Situation zu retten. Zum anderen fragte ich mich, wie ich dieses Debakel meiner Frau beibringen sollte, sie hatte sich schließlich genau wie ich auf die Reise gefreut. Zum Glück war sie gerade im Badezimmer, so dass ich am Telefon Dampf ablassen konnte.

Später wurde mir übrigens klar, wieso meine Frau die ganze Zeit im Bad war: Sie hatte die ganze Geschichte mit ausgeheckt und lachte sich hinter der verschlossenen Tür halb tot.

Am nächsten Tag flogen wir jedenfalls wie geplant los und ich war mir sicher, noch einmal würde ich nicht auf den Telefonschreck reinfallen.

Falsch gedacht: Ein paar Jahre später haben wir von R.SH ein Anruferspiel mit Ihnen gespielt. Wir haben wahllos aus dem Telefonbuch Nummern angerufen und wenn sich der Teilnehmer mit den Worten „Ich höre R.SH, Top-Hits, Classic-Hits, alle Hits für Schleswig-Holstein“ meldete, hatte dieser ein nagelneues Auto gewonnen.

Das Ganze funktionierte so: Ich holte im Studio das Telefonbuch hervor und diktierte einem Kollegen die Nummern. An diesem Morgen aber hatte der einfach eine andere Nummer eingetippt, nämlich die von Frank Bremser. Der saß in einem Nebenbüro und meldete sich mit völlig verschlafener Stimme: „Ich höre R.SH, Top-Hits, Classic-Hits, alle Hits für Schleswig-Holstein.“

Ich rief: „Herzlichen Glückwunsch, Sie haben soeben ein Auto gewonnen.“

Am anderen Ende hörte ich nicht den erwarteten Jubel, sondern nur ein leises Schnarchen. Der „Gewinner“ war wieder eingenickt! Ich rief: „Hallo, hallo, hören Sie mich? Sie haben gewonnen!“ Endlich eine Reaktion am anderen Ende: „Jaahh?“ Ich: „Herzlichen Glückwunsch!“ Er: „Wozu denn?“ Ich wieder: „Zu Ihrem neuen Auto!“ Dann hörte ich wieder Schnarchgeräusche …

Ich blickte mich hilfesuchend im Studio um. Alle zuckten mit den Schultern, keiner wusste offenbar, was wir noch tun konnten. Zum Glück war diese Aktion nicht live. Wir mussten die Spielrunden aufzeichnen und am Ende nach einer Sendeerlaubnis fragen, da wir ansonsten jeden Angerufenen – möglicherweise gegen dessen Willen – zu Spielteilnehmern gemacht hätten.

Schließlich spitzte sich die Situation zu. Der „Gewinner“ kam wieder zu sich. „Ein Auto? Ich hab’ gar keinen Führerschein.“

Ich antwortete: „Na ja, vielleicht ist das ja ein schönes Geschenk für Ihre Frau?“ Doch der schläfrige Herr am anderen Ende der Leitung sagte: „Für meine Olle? Die hab’ ich gestern rausgeschmissen.“

Dann war es bei Frank vorbei. Er prustete los und rief: „Hier ist der Telefonschreck!!!“ In diesem Moment kamen auch die Kollegen wieder hervor, alle hatten sie in der Redaktion das Gespräch verfolgt und sich vor Lachen unter die Tische verkrochen.

Ich schwöre, ich hatte nicht den Hauch einer Ahnung, dass Frank hinter dieser Aktion steckte. Jedenfalls habe ich ihm meine gesammelten Schimpfworte an den Kopf geworfen, die später vor dem Senden alle überpiept werden mussten.

Im Zusammenhang mit diesem Spiel fällt mir übrigens noch eine unglaubliche Geschichte ein: Wir hatten einen Trauerfall in der Familie, Opa war gestorben und wir nahmen in einem Kieler Beerdigungsinstitut Abschied. Am Ende der kleinen Trauerfeier gingen wir am Sarg vorbei ins Hinterzimmer. Dort nahmen wir uns in die Arme und trösteten uns gegenseitig. Von dort wollten wir hinaus auf den Parkplatz, mit den Autos sollte es anschließend zum Kaffeetrinken gehen. Im Türrahmen stand einer der Mitarbeiter des Beerdigungsinstituts, schwarzer Anzug, schwarze Krawatte, betretener Blick. Als ich an ihm vorbeiging, hielt er mich am Arm fest und flüsterte mir ins Ohr: „Köthi, ich weiß, es ist vielleicht der falsche Moment – aber ruf mich auch mal an, okay?“

Sensationell. Die Nummer muss man erst mal bringen. Das Trauer-Outfit von dem munteren Sargträger kam mir übrigens sehr bekannt vor. So hatte ich auch mal ausgesehen: Lackschuhe, dunkle Hose, weißes Hemd und das schwarze Jackett, das Papi immer zu Beerdigungen anzog – so hatte Mutti mich allen Ernstes zum mündlichen Abi in die Schule geschickt. Nun ja, stimmungsmäßig passte das alles sogar, denn mein letzter Auftritt in der Schule drohte 1981 zu einem ziemlichen Fiasko zu werden.

AM ANFANG WAR DAS WORT ODER DER TAG, AN DEM ANDREAS OTTO „EINE KUH UMFUHR“

Ich war sicher, jeden Moment würde irgendein Fernseh-Fritze ins Klassenzimmer kommen, laut „Verstehen Sie Spaß?“ rufen und alles hätte sich aufgeklärt. Das vor mir konnte jedenfalls nur ein Gag sein. Meine Prüfungsaufgabe im mündlichen Abi lautete: „Zitieren Sie den Prolog des Johannes-Evangeliums (‚Am Anfang war das Wort …‘) und ziehen Sie Parallelen zu Goethes Faust.“ Nur, ich konnte keine versteckte Kamera erblicken. Außerdem kamen weder Paola noch Kurt Felix, stattdessen kam mein Religions-Lehrer und fragte: „Na, Carsten, alles klar?“ „Vielen Dank. Ging schon besser.“

Okay, nur so viel zur Erklärung: Ich hatte das mit dem Lernen nicht so hinbekommen, denn ich hatte die 14 freien Tage zuvor (Zitat Direx: „Nutzen Sie die zwei Wochen, um sich intensiv vorzubereiten!“) mit zwei Schulfreundinnen auf einer Spaß-Tour in Budapest verbracht. Die übrige Zeit wurde zwar vorbereitet, allerdings nicht das mündliche Abi, sondern die rauschenden Feten hinterher. Außerdem war mein Körper sowieso geschwächt, weil wir schon ein paar klitzekleine Vorab-Feiern hinter uns gebracht hatten. Die Feten hatten sich förmlich aufgedrängt, weil sich bei einem Kumpel die Eltern leichtsinnigerweise in Richtung Urlaub verabschiedet hatten.

Letztlich, dachte ich, würde es eh egal sein, mein mündliches Prüfungsfach war schließlich Religion. Mit bruchstückhaftem Wissen über die Zehn Gebote müsste normalerweise über die Runden zu kommen sein. Eigentlich wollte ich damals Musik im Mündlichen nehmen, aber der Musik-Kurs war donnerstagmorgens in der ersten und zweiten Stunde. Das war zum einen unvereinbar mit meinem Schlafverhalten und zum anderen mit der Top-Ten-Party, die immer am Mittwoch in meiner Lieblings-Disco stattfand. Die Reli-Zeiten lagen da schon besser: Mittwoch, fünfte und sechste Stunde. Na also, geht doch.

So schlimm konnte es mit der Prüfung ohnehin gar nicht kommen: Einen einzigen Punkt (entspricht der Schulnote Fünf minus!) brauchte ich noch, um mein Abi sicher zu haben. Diesen einen Punkt hätte ich eigentlich schon dafür bekommen müssen, dass sie mir mit der Aufgabe so einen Schrecken eingejagt hatten.

Am Ende sind es sieben Punkte geworden (Schulnote: Drei minus), nicht eben glanzvoll, aber immerhin. Muttis Lieblingsspruch in diesen Tagen war: „Es hätte alles viel besser sein können, wenn du nur gelernt hättest."

Aber da war ich schon wieder unterwegs. Abi-Ball, Abi-Fete und Schulsturm. Der Schulsturm war bei uns immer eine Party von den Abiturienten für die unteren Klassen. Raten Sie mal, wer den Tag damals moderiert hat. Richtig – das war ich. Am Ende der Veranstaltung kam übrigens ein Pauker zu mir und sagte: „Carsten, das war nicht übel. Sie sollten es mal beim Radio versuchen. Talent haben Sie." Hat mich gefreut, das Kompliment, aber schon in meiner Anfangszeit bei R.SH wurde mir klar, dass Talent alleine nicht ausreichen würde. Man braucht auch 'ne Menge Glück und vor allem – jede Menge hellwache Kollegen.

Es war zwar schon etwas windig, aber sonst war alles noch normal in Schleswig-Holstein. Mit meinem Freund und Kollegen Andreas Otto saß ich abends in einem Kieler Pizza-Lokal. Allzu lange machten wir nicht, ich hatte am nächsten Morgen die Nachrichten-Frühschicht, hieß: um 3.30 Uhr aufstehen, 4.30 Uhr Dienstbeginn. Andreas wollte aber auch früh ins Bett, er hatte am nächsten Tag seine allererste eigene Reporter-Schicht. Ich war also inzwischen Nachrichten-Redakteur geworden und Andreas quasi mein Nachfolger als Kiel-Reporter.

Und so scherzten wir an diesem Abend noch fröhlich herum. Ich sagte: „Hey, wenn morgen früh irgendwas los ist, hol' ich dich aus den Federn! Um 4.00 Uhr!!! Ich ruf' dich an. Ich lass' dein Telefon klingeln, bis du wach bist."

Andreas ganz trocken: „Mach doch! Ich leg einfach wieder auf und schlaf' weiter."

Als wir abends in unsere Autos stiegen, wehte es schon ganz ordentlich. Aber es war nicht so, als dass es einen Schleswig-Holsteiner in Unruhe versetzt hätte.

Am nächsten Morgen weckte mich der Nacht-Report-Sprecher am Telefon. Ganz sanft sagte er: „Hey, es ist 3.30 Uhr. Du musst aufstehen." Ich wurde immer per Telefon von den Nachtschichtlern geweckt. Meine erste Frage war dann stets schlaftrunken: „Und? Irgendwas los gewesen heute Nacht?"

Die Antwort an diesem Morgen lautete: „Nun ja, also, es stürmt ganz schön. In Lübeck haben sie gerade Katastrophenalarm ausgelöst! In Ostholstein auch. Und andere Kreise werden wohl gleich folgen."

Schaffen Sie es, sich in zehn Minuten fertig zu machen? Mit Duschen, Föhnen, Zähneputzen? An diesem Morgen habe ich es geschafft. Wenn Sie jetzt denken, ich bin zur Arbeit gerast – nein, bin ich nicht. Ging nämlich gar nicht. Auf der Straße lagen umgestürzte Mülltonnen, umgestürzte Bäume und Ziegel, die es von den Dächern geweht hatte. Es stürmte unfassbar. Und sooo erfahren in Sachen Nachrichten war ich nun auch nicht, als dass ich sofort gewusst hätte, was nun zu tun war.

Aber eines hatte ich bei anderen Geschichten mal gelernt: Wenn was los ist im Land, immer alle Reporter wach klingeln und blitzschnell eine Konferenzschaltung starten.

Anruf in Flensburg, Anruf in Heide, Anruf in Lübeck, Anruf in Norderstedt – alle Reporterkollegen waren sofort hellwach. Eine halbe Stunde später würden alle im Einsatz sein.

Jetzt nur noch den Kiel-Reporter wecken. Andreas. Hoffentlich würde er nicht denken, ich machte hier einen Scherz. Es war 4.00 Uhr. Ich wählte seine Nummer. „Hallo!" Am anderen Ende hatte ich jemanden aus dem Tiefschlaf geholt, so viel war klar.

Ich versuchte es ganz vorsichtig. „Andreas, es ist 4.00 Uhr und ich wollte …" Knirsch! Klack!

Er hatte aufgelegt!

Zweiter Versuch. Wenigstens nahm er den Hörer wieder ab. Er schnaubte: „Köthe! Bist du das?"

„Ja, guten Morgen, es ist 4.00 Uhr und deine Nacht ist leider zu Ende, denn …" Knirsch! Klack! Er hatte wieder aufgelegt! Und er schien bereits einen ziemlichen Hals auf mich zu haben.

Ich wählte erneut seine Nummer. Jetzt kam er in Wallung. Er holte tief Luft und pöbelte los: „Jetzt hör mal zu, du Radio-Chaot! Ich hab' wirklich sehr gelacht über diesen Spitzengag. Lass mich schlafen!!!"

Ich rief: „Bitte! Nicht auflegen! Das hier ist kein Gag! Draußen tobt der Sturm des Jahrzehnts und ich brauche dich als Reporter."

Ich hörte, wie er zum Fenster schlurfte und die Jalousien hochzog. „Es stürmt tatsächlich. Und zwar wie verrückt! In zehn Minuten bin ich unterwegs."

Und so kam es, dass wir um 4.30 Uhr (bei den öffentlich-rechtlichen Kollegen lief übrigens noch bis 6.00 Uhr eine Nachtsendung aus Baden-Baden mit Verkehrsmeldungen aus München und Nürnberg und einer Wettervorhersage für den Raum Stuttgart) mit einer Sondersendung starteten und die Hörer durch das Sturm-Chaos gut zur Arbeit brachten. Und Andreas hatte später seinen ersten Reporter-Tag mit Bravour bestanden. Nun ja, bis auf die Beule im Dienstwagen.

Zum Glück war nix Schlimmes passiert. Irgendwann im Laufe des Tages war Andreas einer Dame ganz leicht hinten draufgefahren. Er hatte zu der Zeit das C-Netz-Handy am Ohr (war damals noch erlaubt) und hatte in dem Moment, als es krachte, entsetzt in den Hörer gerufen: „Was macht die Kuh denn da?" Dieser Ausruf hatte übrigens zur Folge, dass sich bis zum Nachmittag hartnäckig das Gerücht im Sender hielt, Andreas habe an seinem ersten Einsatztag als Reporter eine richtige Kuh umgefahren …

Etwa ein Jahr lang habe ich damals die R.SH-Nachrichten am Morgen präsentiert. Ein paar Themen habe ich hoffentlich ganz gut geblickt, bei einem Ereignis allerdings bin ich froh, dass es am Abend passierte und ein anderer Kollege Dienst hatte – die Grenzöffnung 1989.

In diesem Jahr hatten zwei Themen die Nachrichten bestimmt: die friedlichen Demonstrationen in China auf dem Platz des Himmlischen Friedens, die schließlich brutal niedergeschlagen wurden, und – natürlich – die Geschehnisse jenseits der Mauer. Über Monate hinweg hatten sich die Umwälzungen in der damaligen DDR angekündigt. Die Montagsdemonstrationen, der DDR-Geburtstag mit Gorbatschows großem Satz „Wer zu spät kommt …", das Ende der Herrschaft Honeckers und dann, am 9. November, die denkwürdige Pressekonferenz mit Günter Schabowski.

Plötzlich strömten die Menschen aus dem anderen Teil Deutschlands über die geöffneten Grenzübergänge nach West-Berlin. Der Anfang vom Ende der Mauer war eingeläutet und ich begriff in diesem Moment kein Stück, was dort gerade vor sich ging. Ausgerechnet ich! Früher war ich jedes Jahr am 17. Juni, am „Tag der Deutschen Einheit", zur Grenze gefahren und hatte mit Gleichgesinnten gegen Mauer und Stacheldraht demonstriert. Jetzt war es so weit – und ich bekam das alles gedanklich nicht gebacken.

Erst am nächsten Morgen bin ich zum Frühdienst in den Sender gefahren, da hatten sämtliche Kollegen bereits eine komplette Nachtschicht hinter sich und begrüßten mich mit den Worten: „Schön, dass du auch noch kommst. Übrigens, die Mauer ist auf."

Wir haben in dieser Zeit Tag und Nacht im Sender oder in den Reporter-Fahrzeugen verbracht. Wer müde war, packte sich irgendwo zwei Stunden aufs Ohr, dann wurde weitergearbeitet.

Am Sonntag nach dem 9. November hatte ich die Sport-Sendung am Nachmittag. Eigentlich ging es um Handball und Fußball, aber besonders erinnere ich mich an eine Verkehrsmeldung, die mich am Nachmittag erreichte: „Achtung in Ratzeburg. Die Grenze bei Mustin wird in wenigen Minuten für den Verkehr geöffnet. Dort ist mit Behinderungen zu rechnen." Was hier so nüchtern klang, war für mich in diesem Moment etwas ganz Besonderes: Die Grenze, vor der ich als Kind so oft gestanden hatte, war genau dort geöffnet worden. Die Trabbis knatterten durch Ziethen und Mustin Richtung Ratzeburger Marktplatz und meine Mutter berichtete mir am Telefon davon, dass der ganze Ort unter einer dichten Zweitakter-Wolke lag. Ich ärgere mich noch heute, dass ich an diesen Tagen nicht wenigstens mal für ein oder zwei Stunden nach Hause gefahren bin, um mir das Spektakel anzusehen.

Inzwischen bekamen wir im Funkhaus die ersten Besuche „von drüben". Trabbis, Wartburgs und Ladas rollten bei uns vor. Ganz viele –

bis dahin ja heimliche – Hörer aus Wismar und Schwerin und von überall her wollten „einfach nur mal gucken …“. Es gab sogar eine große Fete unter dem Motto „Zwei Takte – ein Sender. R.SH“. Dazu ließ unser Chef eiligst einen Aufkleber drucken, ganz in Schwarz, darauf stand: „Ich war in Kiel. Den Sender gibt's wirklich.“

Heute ist es übrigens immer noch so, dass bei großen Ereignissen plötzlich das Funkhaus voll ist und jeder fragt, wie und wo er mit anpacken kann. Man muss nur immer überlegen, wen man so kennt, der einem bei einem Thema weiterhelfen könnte. Zum Beispiel nach dem Unfall von Lady Di, als ich meine alten Verbindungen zur „Frau im Spiegel“ aufleben lassen konnte.

Ganz anders war es hingegen, als die Nachricht vom Tod von Michael Jackson kam. Diesmal konnte ich nicht helfen, die Info erreichte mich nämlich früh morgens um 4.00 Uhr, als ich auf der Kieler Woche unterwegs war und etwas mehr als ein Bier getrunken hatte. Ich hatte an dem Tag zwar frei, rief aber noch von dort meine damalige Wetterexpertin Katharina im Studio an und fragte, ob sie Hilfe benötige. Und was war? Sie sagte nur lachend: „Ich kann dich etwas schwer verstehen, du nuschelst ein wenig. Ein paar Konsonanten sind wohl ins Bierglas gefallen.“

Ich: „Daskannsu so nichsagen.“ (Merke: Je mehr man versucht, sich zu konzentrieren, umso angetrunkener klingt man.)

Katharina darauf fürsorglich: „Es ist wirklich lieb von dir, aber ich fürchte, in deinem Zustand bist du mir keine große Hilfe. Geh mal schlafen, wirf am besten zwei Kopfschmerztabletten ein und dann sehen wir uns morgen.“ Na ja …

Nur einmal haben wir alle unendlich viel Zeit gebraucht, um zu reagieren – das war am 11. September 2001, als Terroristen in die Türme des World Trade Centers rasten. Wir verharrten minutenlang mit nahezu allen Kollegen in der Redaktion vor der großen Fernsehwand mit den unterschiedlichen Programmen. Über jeden Bildschirm flimmerten die unfassbaren Szenen aus New York. Wir standen schweigend und fassungslos im Pulk vor den Apparaten, bis jemand in die Stille hinein leise sagte: „Leute, wir müssen jetzt was machen." Und dann hat wieder jeder mit angepackt, jeder dort, wo er eben gebraucht wurde.

Noch heute ist es übrigens so, dass fast jeder Mitarbeiter im Notfall für den anderen einspringen kann. Fröhlicher Moderator im Studio, rasender Reporter, seriöser Nachrichtensprecher oder mitreißender Sport-Kommentator – jeder soll immer wissen, wie der Job des anderen funktioniert. Gerade bei Letzterem glauben bestimmt viele, um das zu können, muss man selber ein guter Sportler sein. Stimmt wahrscheinlich, aber bei mir hat es zum Glück auch so einigermaßen geklappt.

SPORT IST MORD ODER ALS ICH DER SOHN VOM BUSFAHRER WAR

Es ist ja nicht so, dass ich es mit Sport nicht versucht hätte. Mit Fußball zum Beispiel. Ich sage nur: Ratzeburger SV, Mini-Bubis. Dort spielte man im Alter von etwa sechs bis acht Jahren, nur ich sollte auch noch mit 14 dort mitspielen, weil ich größenmäßig mit den anderen nicht ganz hinterherkam.

Schulfußball lief leider nicht wesentlich besser. Beim Aufteilen in zwei Teams wurde ich immer als Letzter gewählt. (Unser Wahlverfahren hieß übrigens „Pisspott“. Dabei stehen sich zwei Spieler gegenüber und gehen aufeinander zu, indem sie einen Fuß vor den anderen setzen. Wer den letzten Schritt macht und auf dem Fuß des anderen landet, hat gewonnen und darf zuerst wählen.) Beide Mannschaften waren jedenfalls meistens schon in ihre Hälften gelaufen, als irgendeinem einfiel: „Mist, Carsten ist noch in keinem Team.“ Dann kam immer der Ruf: „Ey, wo soll Carsten mitspielen?“ Und als Antwort ertönte stets: „Egal. Irgendwo.“

Meine Position war jahrelang das zentrale Mittelfeld. Hier konnte ich am wenigsten Unheil anrichten und die Anweisungen meiner Mitspieler („Immer aus dem Weg gehen, wenn ich komme …“) behände umsetzen.

Sie merken: Aktiv lief es nicht soooo brillant, dafür war ich allen anderen meistens einen Schritt voraus, was die Sportmode anging: Adidas-Rekord-Turnschuhe in Blau mit weißen Streifen (kosteten 19,90 Mark) – ich hatte sie! Oma sei Dank. Oder aber: Puma-Trainingsanzug mit Unterschrift von Argentiniens damaligem Superstar Mario Kempes (kostete unvorstellbare 59 Mark!) – ich hatte ihn! Oma sei erneut Dank.

Schließlich habe ich die Sportart gewechselt. Tischtennis erschien mir sinnvoll, ein Sport ohne Körperkontakt ist für Leute wie mich quasi gemacht. Die Erfolge: dreimal dritter Kreismeister im Doppel in der Trostrunde. Meinem Doppelpartner sei Dank.

Schließlich schickte Mutti mich zum Tennis. Aus mir hätte ein Boris werden können, wären die Schläger nicht so groß, die Plätze nicht so lang und die Aufschläge der Gegner nicht so hart gewesen.

Volleyball in der Schule schied aus, weil ich beim Block nicht ans Netz kam, Basketball schied auch aus – ist klar warum, oder? Blieb noch Handball. Das würde ich können. Schließlich hatte ich mit meinem Vater gerade erst vor dem Fernseher gejubelt, als Joe Deckarm, Heiner Brand und Co. Weltmeister wurden. Ich glaube, beim Handball mochte man mich. Ich durfte sogar gleich in der ersten Stunde ins Tor … Damals wollte ich nie wieder etwas mit Handball zu tun haben. Und was war? Richtig! Es kam wieder mal ganz anders.

„Carsten, kannst du am Wochenende ganz schnell eine Handball-Moderation übernehmen?“ Der Sport-Chef war am Telefon.

„Wohin muss ich denn?“

„Nach Wanne-Eickel. Weiche-Handewitt spielt dort. Telefon in der Halle ist bestellt und bei der SG weiß man auch Bescheid. Du fährst mit dem

Mannschaftsbus mit. Sie sammeln dich unterwegs ein." Ja, Wahnsinn. Damals war die SG zwar gerade in die Zweite Liga abgestiegen, aber die Truppe war so stark, dass der sofortige Wiederaufstieg angepeilt werden sollte. (Aus der damaligen SG Weiche-Handewitt wurde später übrigens die SG Flensburg-Handewitt, ein Verein, der heute zu den Topadressen in Deutschland und in Europa gehört.)

Meine erste Handball-Reportage kam überraschend. Eigentlich war ich ja auch noch gar nicht so weit. Ich hatte erst zwei- bis dreimal geübt. Ich hatte bei Vorbereitungsspielen der SG auf der Tribüne gesessen und meine Probe-Reportagen in ein Aufnahmegerät gesprochen; einmal, bei einem Spiel in Dänemark, sogar nur eine Halbzeit lang. Ich war zu spät gekommen, weil mein Kumpel Ulf Hagge, damals unter anderem für den Sport bei R.SH zuständig, mich nach Tondern geschickt hatte, das Spiel allerdings in Toftlund stattfand und ich wesentlich weiter durch Dänemark brausen musste. Ulf bestreitet diesen Irrtum übrigens noch heute. Glauben Sie mir, es war so.

Zwei Tage später begann so meine erste Auswärtsreise mit einer Handball-Mannschaft. Wahrscheinlich habe ich ziemlich eingeschüchtert im Bus gesessen und nicht den „Hoppla-jetzt-komme-ich"-Eindruck hinterlassen, den man von einem Radio-Moderator erwarten würde. Jedenfalls fragte irgendwann während der Fahrt einer der Spieler: „Wer ist eigentlich der kleine Blonde da vorne?" Und ein anderer antwortete: „Keine Ahnung. Wahrscheinlich der Sohn vom Busfahrer."

Die SG-Busfahrten waren übrigens lustig und gemütlich. Nach Siegen durfte im Bus hin und wieder sogar ein wenig gefeiert werden. Was zur Folge hatte, dass irgendwann alle schliefen. Mein Auto hatte ich immer in Neumünster abgestellt, dort wurde ich jedes Mal vom Mannschaftsbus eingesammelt und auf der Rückfahrt wieder abgesetzt. Nur einmal hat das nicht funktioniert. Irgendwann in der Nacht kam ein Mannschafts-Betreuer zu mir, weckte mich und sagte: „Carsten, wir sind schon Höhe Schleswig/Schuby." Umdrehen ging natürlich nicht mehr, alle Handballer wollten schnellstens in ihr eigenes Bett. Einer der Spieler hat mich dann mit nach Hause genommen und mich auf seinem Sofa übernachten lassen, übrigens direkt neben dem Käfig mit den beiden Wellensittichen. Draußen wurde es hell und die Burschen wurden langsam munter …

Manchmal sind wir auch mit dem Zug zurückgefahren. Allerdings nicht immer komplett. Bei einem kurzen Halt in Hamburg wollten sich zwei Spieler nur schnell ein paar Pommes am Bahnhofskiosk holen. Wir hatten noch gewarnt: „Männer, der Zug hält hier nicht ewig."

„Kein Ding! Schaffen wir."

Natürlich schafften die zwei es nicht und der Zug setzte sich ohne die beiden in Bewegung. In Flensburg mussten wir dann den Ehefrauen schonend beibringen, dass ihre Männer noch in Hamburg auf dem Bahnhof waren. Sofort entstand der Verdacht: Reeperbahn! Um das hier klarzustellen: Nein, die Jungs waren nicht auf St. Pauli. Sie haben tatsächlich nur Pommes geholt.

Überhaupt waren diese Anfangszeiten bei der SG legendär. Gespielt wurde in der winzigen Wikinghalle in Handewitt, einer Schulsporthalle mit Extra-Tribüne an der einen Stirnseite. Maximales Fassungsvermögen schätzungsweise 1.200 Zuschauer. Bei Heimspielen der SG waren bestimmt 2.000 Menschen dort. Die Menschen hingen 60 Minuten an den Sprossenwänden, saßen auf Turnmatten in den Geräteräumen oder standen unmittelbar am Spielfeldrand, mit den Fußspitzen bereits im Feld. Es war unglaublich.

In dieser Enge soll es einen Vorfall gegeben haben, der seit Jahren folgendermaßen erzählt wird: Heimspiel der SG gegen TUSEM Essen; Jochen Fraatz, der Star der Essener, läuft einen Tempogegenstoß. Jetzt ein Tor und der Ausgleich wäre gefallen. Einer der „Wischer" an der Seitenauslinie (das sind die, die den Schweiß aufwischen, wenn mal ein Spieler zu Boden gegangen ist) sieht das „Unheil" kommen und beschließt, einzugreifen. Er schiebt seinen Schrubber ein Stück nach vorne ins Spielfeld hinein, Fraatz stolpert darüber und stürzt. Der Ball ist weg, die Riesenchance vertan. Als wäre nichts gewesen, zieht der Mann den Schrubber wieder zurück. In der Halle geht es drunter und drüber, die Essener Spieler wollen dem Wischer an den Kragen, aber kurz danach ist schon Schluss. So weit die Geschichte. Anschließend – so wird es erzählt – war übrigens alles sofort vergessen.

Der Vorfall an sich könnte sich tatsächlich so abgespielt haben, das freundschaftliche Ende hatte sich ganz bestimmt so zugetragen. Das war nämlich fast immer so in Handewitt. Zuschauer und Spieler beider Mannschaften trafen sich nach der Partie vorne in der Sportler-Kneipe, es gab Bier und Frikadellen. Und wenn die gegnerischen Spieler irgendwann die Kneipe verließen, gab es sogar Applaus und aufmunternde Worte. Na ja, bei den Derbys gegen den großen Konkurrenten THW Kiel war es manchmal ein wenig anders …

Bei irgendeiner der zahlreichen Auswärtsfahrten waren einmal auch ein Vater und sein Sohn mit im Mannschaftsbus. Der Vater hatte die Tour bei irgendeinem Preisausschreiben gewonnen. Bei der ersten Rast stellte der Vater dem Lütten die Spieler vor. Irgendwann zeigte er auf mich und sagte: „Das ist der Thorsten Storm. Der spielt auf Außen.“ Dann zeigte er auf Thorsten und verkündete stolz: „Und das ist der Carsten Köthe, der ist von R.SH.“ Man muss dazu wissen: Thorsten ist zwar auch blond, aber er ist zwei Köpfe größer als ich und ein paar Kilo schwerer. Jedenfalls schmunzelte Thorsten, warf mir einen Ball zu und sagte: „Du spielst heute Abend. Und wehe, du verwirfst …“ Zum Glück musste ich nicht spielen, ich war als Sport-Reporter hoffentlich ganz gut, als Sportler selbst hat es bei mir nie zu echten Erfolgen gereicht.

Legendär ist auch das Pokalspiel der SG gegen Milbertshofen. Keiner, der an diesem Abend in der Halle war, wird diese Partie jemals vergessen. Es war voll, es war heiß, es war stickig – und es war spannend. Die SG hatte den haushohen Favoriten am Rand einer Niederlage. Nach 60 Minuten stand es unentschieden. Nach der ersten Verlängerung – immer noch.

In der zweiten Verlängerung waren noch 60 Sekunden zu spielen, die SG führte mit einem Tor, die Zuschauer schrien und trampelten, ich verstand schon längst mein eigenes Wort nicht mehr und rief in die Leitung: „Wir können jetzt draufgehen." Das machten wir immer so, kurz vor Schluss sagten wir dem Sendungs-Moderator Bescheid, damit der unseren Regler im Studio hochziehen konnte und wir die Schlussphase möglichst live auf dem Sender hatten. Das Problem in diesem Fall war: Aus den 60 Sekunden wurden am Ende zwölf Minuten! Zwölf Minuten voller Hektik und Dramatik. Immer wieder wurde abgepfiffen, zurückgepfiffen, es gab Zwei-Minuten-Strafen, Zuschauer warfen ihre Hallen-Hefte auf das Spielfeld, der Hallen-Sprecher neben mir war schon völlig heiser. Und ich moderierte und moderierte. Irgendwann fragte ich die Redakteurin im Studio: „Soll ich weitermachen? Oder gehen wir erst rüber in die Nachrichten?"

„Mach weiter!"

Am Ende war ich aufgestanden, weil ich nichts mehr sehen konnte. Mein Hemd war durchgeschwitzt und meine Hände klatschnass, als sich plötzlich die Zuschauer zu mir umdrehten und riefen: „R.SH! R.SH! R.SH!" Eine Aufmunterung für den kleinen Radio-Moderator, der, genau wie die Spieler, gerade mit den Kräften am Ende war. Am Schluss verwarfen die Gäste den letzten Ball und dann war in der Halle der Teufel los. Vorne in der Kneipe gab's nachher sogar Freibier. Und davon wurde reichlich Gebrauch gemacht.

Die R.SH-Nachrichten, die immer um fünf vor begannen, gab es an diesem Abend übrigens mit 15-minütiger Verspätung.

Alles, was man als Reporter erlebt, bleibt natürlich im Bus und wird nicht weitererzählt, aber eine Geschichte muss ich doch noch loswerden: 1988, während der Olympischen Spiele, war ich mit der SG zu einer Auswärtstour zu Bayer Dormagen unterwegs. Wir übernachteten vor der Partie in der Sportschule Wedau in Duisburg. In der Nacht fand in Seoul der 100-Meter-Lauf der Männer statt, mit dem Duell schlechthin: Carl Lewis gegen Ben Johnson. Natürlich wollten fast alle Spieler dieses Spektakel live verfolgen, aber der Manager hatte bereits verkündet, dass er nachts an den Zimmertüren lauschen würde. Und wehe, er könne irgendwo auch nur einen Mucks hören …

Am nächsten Morgen beim Frühstück berichtete er stolz, alle Spieler hätten wie die Murmeltiere geschlafen. Bei keinem wäre der Fernseher eingeschaltet gewesen. „Sind halt doch gute Jungs."

Jetzt kann ich es ja sagen: Natürlich war es in den Spieler-Zimmern still. Ein Teil der Mannschaft hatte sich nämlich bei mir versammelt, um dort den Lauf in Ruhe gucken zu können. Ich hoffe, die Offiziellen der SG können mir heute verzeihen.

Ben Johnson gewann in dieser Nacht (wie sich später herausstellte, war er bis oben hin voll mit Doping-Mitteln gewesen).

Und die SG verlor mit 11:14.

ZWEI LINKE HÄNDE
ODER
OHNE HELM UND OHNE PLANUNG

In ein Mikrofon schnacken zu können, habe ich wahrscheinlich mit in die Wiege gelegt bekommen, aber weitere Talente? Fehlanzeige! Zum Beispiel habe ich zwei vollkommen linke Hände. Das wurde deutlich, als ich vor Jahren mal ein Bücherregal benötigte. Ein Kumpel riet: „Da kaufst du dir so Latten und Böden und baust die einfach zusammen." Einfach! Zusammenbau! Schon diese beiden Worte sind ein Widerspruch in sich. Jedenfalls für mich. Erstens kann ich keine Gebrauchsanweisungen lesen („... ziehen Sie die Nut aus der Doppelzarge und setzen Sie die Muffe gegen die Sparren. Jetzt vertikal wiederholen ...") und zweitens mag ich es nicht, wenn die eigene Ehefrau massiven psychischen Druck ausübt („... seit drei Wochen willst du schon die Jalousie anbringen ...").

Schon als Jugendlicher hatte ich so ein dramatisch unterentwickeltes Verständnis für alle handwerklichen und technischen Dinge. Als meine Freunde ihre Mofas schon auf lässige 50 Sachen hochfrisiert hatten, da tuckerte meins mit fröhlichen 20 Kilometern pro Stunde vor sich hin und weigerte sich selbst bei Rückenwind standhaft, auch nur einen Tick schneller voranzukommen.

Höhepunkt der damaligen Heimwerker-Revolution war übrigens die Entwicklung der Lichtorgel. Drei unterschiedlich aufblinkende Glühbirnen in den Farben Blau, Gelb und Rot sorgten für stimmungsvolle Atmosphäre bei den ersten Knutschversuchen. Bei allen anderen Feten funktionierten diese Lichtorgeln automatisch, nur bei meinem eigenen Geburtstag habe ich selbst stundenlang hinter dem Tresen gestanden und durch abwechselndes An- und Ausknipsen einzelner Lampen wenigstens für einen Hauch Party-Stimmung sorgen müssen. Ein unvergessliches Erlebnis. An diesem Abend ist mir übrigens mein Jugendschwarm durch die Lappen gegangen. Aber wie hätte ich auch mit Biggi tanzen sollen, wenn ich zugleich die Lichtorgel vortäuschen musste.

Absoluter Heimwerker- und Technik-Tiefpunkt war jedoch ein Weihnachtsgeschenk meiner Eltern im Jahr 1972. Ein Kasten mit der verheißungsvollen Aufschrift „Fischer Technik" sollte mir wenigstens ein paar technische Grundlagen spielerisch beibringen.

Mein besonderes Interesse erregte dabei ein kleiner Elektromotor mit roter Schraube, den ich meiner Schwester nur Sekunden später in die langen Haare hielt. Ein unverzeihlicher Fehler, der dem weihnachtlichen Treiben im Hause Köthe ein jähes Ende setzte. Ich wurde für zunächst unbestimmte Zeit ins Kinderzimmer verbannt und durfte erst nach drei Stunden wieder in die Wohnstube. Es waren genau die drei Stunden, in denen meine Eltern verzweifelt versucht hatten, den Motor aus der Frisur meiner Schwester zu pulen.

Dieser Heiligabend endete mit den Worten: „Du wirst mal einen Beruf ausüben müssen, wo man dir alles vorbereitet!" Ich dachte, als Rundfunk-Redakteur wäre das auch so. Aber …

Ich war schweißgebadet, kroch zum wiederholten Mal über den Boden, stöpselte Kabel um und rief erneut in den Hörer: „Hört ihr mich jetzt?" Die Antwort aus dem Funkhaus: „Ja, jetzt geht's."

So in etwa verliefen alle Samstagabende, die wir R.SH-Reporter beim Handball verbrachten. Ein paar Meter weiter frohlockten die Kollegen der großen öffentlich-rechtlichen Sender. Die waren wieder seit drei Tagen vor Ort, hatten zwei Ü-Wagen und vier Techniker mit dabei, die seitdem damit beschäftigt waren, eine Leitung für die Übertragung herzustellen.

Bei uns war immer alles eine One-Man-Show. Wir waren Techniker, Assistenten und Reporter in einem. Besonders lustig wurde das oft bei Auswärtsspielen. Wir mussten für jede Partie einen Antrag für einen Telefonanschluss stellen. Zum Beispiel für das Spiel SG Weiche-Handewitt gegen SuS Oberaden. Noch nie zuvor hatte ein Radiosender aus der Sporthalle in Oberaden ein Handballspiel übertragen. Dementsprechend dachte der Schulhausmeister, der der „Herrscher" über diese Halle war, auch erst an einen Gag. Also klingelte bei uns das Telefon. „Hier Hausmeister Walter Blösmann, Oberaden. Bei mir sind Leute mit 'nem Telefon. Was soll das denn?" „Wir wollen das Handballspiel am Samstag übertragen." „Wat? Aus meiner Halle? Das ja 'n Ding."

Wir haben dann natürlich immer noch darum gebeten, den Telefonanschluss mit einem langen Kabel zu versehen und so zu platzieren, dass wir vom Apparat aus das Spiel verfolgen konnten. Einmal in Lemgo hat das nicht funktioniert. Das Kabel war so kurz, dass ich im Geräteraum hinter mehreren Böcken und einem Mattenwagen saß. Was tun? Nun, die Ersatzspieler der SG und ich spielten einfach „Stille Post". Heißt: Von der Auswechselbank der SG wurde mir zugeflüstert, was auf dem Feld zu sehen war: „Jetzt Tempogegenstoß für Lemgo. Unser Torwart hält mit dem Fuß."

Und daraufhin ich ins Mikro: „Was für eine Chance für Lemgo! Das hätten Sie sehen sollen! Tempogegenstoß, aber der Keeper der SG hat das Bein oben und kann abwehren. Ein toller Reflex. Ballbesitz für die SG …" Ich glaube, niemand hat gemerkt, dass ich fast nichts vom Spiel wirklich gesehen hatte.

Auch Hotels und Mietwagen haben wir grundsätzlich selbst gebucht. Ich war noch ziemlich neu bei R.SH, da kam der Sportchef zu mir und sagte: „Du bist unser Reporter bei der Fußball-EM. Kümmere dich um alles.“ Hab’ ich gemacht. Das deutsche Team spielte zunächst in Gelsenkirchen und Düsseldorf, Training war in der Sportschule Kaiserau in Kamen – also buchte ich ein Zimmer (mit Frühstück und separatem WC) in Hagen, von wo aus ich alle Orte prima erreichen konnte.

Später, als die Mannschaft in Rottach-Egern logierte, wohnten die meisten Journalisten-Kollegen ganz feudal in München. Ich war in Rottach-Egern selbst fündig geworden. Eine freundliche Gräfin hatte mir ihr Gartenhäuschen zur Verfügung gestellt. Mit rot-weißer Bettwäsche, freiem Blick auf die Berge und morgendlichem Plausch über Fußball im Allgemeinen und Franz Beckenbauer im Besonderen. „Ein wirklicher Herr, so elegant“, befand meine Zimmerwirtin.

Eine andere Vorbereitung hätte ich in dem Jahr allerdings fast verbockt. 1988 blickte ganz Deutschland zu uns nach Schleswig-Holstein. Rötger „Brösel“ Feldmann hatte angekündigt, mit seinem Red-Porsche-Killer gegen seinen Kumpel Holgi anzutreten. Die Comics mit dem fiktiven Rennen hatten sich ohne Ende verkauft, nun sollte das große Duell wirklich stattfinden.

Aber wo? Nirgends schien eine geeignete Strecke vorhanden zu sein. Eine Idee der Macher war schließlich, die noch nicht ganz fertig gestellte A 215 zu nutzen, doch das hatte der Verkehrsminister abgelehnt. Inzwischen war man sogar ganz im Süden Deutschlands aufmerksam geworden und versuchte, unseren Werner dorthin zu locken. Woraufhin R.SH seine erste große Unterschriftenaktion startete: Werner darf nicht nach Bayern!!! Sämtliche Reporter waren im Einsatz und holten Unterschriften, bis die Kulis glühten.

Und schließlich fanden Werner und Co. doch noch ihre Rennstrecke: den Flugplatz in Hartenholm. Bei einer abendlichen Redaktionssitzung hieß es plötzlich: „Wer ist ab sofort für alles in Sachen Werner verantwortlich? Carsten, Lust drauf?“

Und ob. Ab sofort war ich im Werner-Fieber. Ich traf mich im Semmel Verlach zu Gesprächen, ich saß mittags schon bei Holgi im legendären Galerie Club No 68 (dort, wo die Werner-Idee wirklich entstanden ist), ich sorgte für O-Töne und Beiträge.

Mit einem Verantwortlichen (leider habe ich seinen Namen vergessen) bin ich eines Tages nach Hartenholm gefahren. „Wir können doch mal 'nen Rundflug machen, dann kannst du das Gelände von oben sehen“, hatte er gesagt. Man muss dazu wissen, dass mein Begleiter komplett tätowiert war, an jedem Finger mindestens zwei Ringe mit Totenkopfmotiven trug und auch sonst von der Optik her nicht eben Vertrauen erweckend wirkte.

Bei seinem Hund verhielt sich die Sache übrigens ähnlich. Auch er wirkte zunächst ein wenig ruppig, war beim näheren Kennenlernen aber ebenfalls ganz nett.

Wir düsten nach Hartenholm und ergatterten dort einen ziemlich alten Flieger. Mein Begleiter und der Pilot saßen vorne, der Hund (!) und ich saßen hinten. Das Problem war: Sämtliche Kühe auf irgendwelchen Feldern wurden von meinem vierbeinigen Freund aus größter Höhe als Hasen identifiziert. Eine Aufnahme war zunächst unmöglich: der Motorenlärm, der bellende Hund, das schimpfende Herrchen. „Bist du still! Sitz! Platz! Braver Hund.“ Nichts fruchtete. Na ja, bis der Hund irgendwann ein wenig erschöpft war von der „Hasenjagd“ und kurz vor der Landung doch noch Ruhe einkehrte.

Das Rennen rückte näher. Ich sollte am Renntag mit meinem Mobiltelefon zum Flugplatz fahren, mir einen Platz an der Strecke suchen und von dort aus das Rennen kommentieren. So war der Plan. Bereits drei Tage vor der Veranstaltung hätte mir klar sein müssen, dass daraus nichts werden würde. Werner-Fans aus ganz Deutschland hatten sich bereits auf den Weg gemacht, um beim großen Festival und schließlich beim Rennen dabei zu sein. Das Chaos begann: Die ersten Zufahrtsstraßen waren total verstopft, Autos parkten mittlerweile auf Hauptstraßen, Werner-Fans bauten wahllos auf Wiesen und Feldern ihre Zelte auf und verrichteten ihre Notdurft irgendwo in Vorgärten.

Und immer mehr Fans kamen. Der Rückstau reichte irgendwann zurück auf die A 7. Unser Verkehrsfunk hatte längst aufgehört, Umleitungsempfehlungen zu geben. Es gab keine mehr. Der einzige Tipp lautete: „Kommen Sie nicht nach Schleswig-Holstein!!! Fahren Sie nicht nach Hartenholm!!!"

Unsere Warnung wurde überhört.

Am zweiten Abend des dreitägigen Festivals waren rund 100.000 Menschen auf dem Gelände, auf der Bühne spielten unter anderem BAP aus Köln. Das Problem war: Ich war immer noch in Kiel, ich wollte ja erst zum Rennen nach Hartenholm. Doch mir war klar: mit dem Auto – keine Chance. Wenn es überhaupt noch eine klitzekleine Möglichkeit gab, musste ein Motorrad her.

In meiner Not rief ich meinen Kollegen Thomas Schnell an. Ich wusste, dass er einen Motorrad-Führerschein besaß. Und in der R.SH-Garage standen die Motorräder der Stau- und Blitzermelder. Mit denen waren morgens und abends unsere Leute unterwegs, um direkt von den Autobahnen die heftigsten Staus zu melden.

„Thomas, du musst mir helfen. Kannst du mich nach Hartenholm fahren? Bitte."

„Nur, wenn ich das Rennen mitgucken darf."

„Das kriege ich irgendwie hin. Aber bitte – fahr mich zum Gelände."

Fragen Sie mich nicht mehr, wie wir das im Einzelnen organisiert haben. Ich glaube, ich habe irgendwo zwischen Kiel und Hartenholm mein Auto geparkt, dort hat Thomas mich mit dem Motorrad abgeholt. Zur Info: Diese Dinger waren Einsitzer, denn hinten waren links und rechts feste „Satteltaschen“ montiert. Heißt: Ich saß mit auseinandergespreizten Beinen hinter Thomas und hatte nach etwa zwei Minuten den ersten Krampf im Oberschenkel. Zudem hatte ich keinen Motorrad-Helm (!) – und ich hatte Schiss ohne Ende. Sobald wird über 50 Kilometer pro Stunde fuhren, schrie ich von hinten bereits: „Ras nicht so!!!“ Ein richtiger Biker werde ich wohl nie.

Wir zwei kamen gesund in Hartenholm an. Spötter würden behaupten, dass das Chaos herrschte, Festivalfans hingegen würden sagen: „Tolle Atmosphäre.“ 100.000 Leute, die inzwischen drei Tage durchgefeiert hatten, ohne dabei auf Grundregeln der Hygiene zu achten. Zudem war das Angebot an Dixi-Klos schätzungsweise auf 5.000 Besucher ausgelegt, was an diesem warmen Sonntag zu einer durchaus wahrnehmbaren Problematik führte …

Es war so etwas von voll. Thomas und ich schoben uns durch die Menschenmenge in Richtung Rennstrecke. Direkt an der Strecke hatten Fahrzeuge geparkt, unter anderem Camping-Mobile und ein völlig verrosteter Bus. Ich hatte selten so eine rotte Karre gesehen, aber – auf dem Dach saßen Leute. Und noch wichtiger: Von da würden wir das Rennen sehen können.

„Können wir dort oben mit rauf? Wir sind vom Radio.“ Thomas und ich hatten einen der Leute aus dem Bus, der sich als Bus-Besitzer entpuppte, angesprochen. Der Optik und dem Geruch nach zu urteilen, war er einer der Ersten auf dem Festival gewesen. Eine Dusche und ein frisches Hemd hätten ihm gutgetan.

„Klar könnt ihr aufs Dach. Kostet aber.“
„Wie viel denn?“ Ich dachte in dem Moment so an 20 Mark. Bestenfalls 50. Mehr hatte ich ohnehin nicht mit.

„400!", sagte unser geschäftstüchtiger Freund.
„Wie? 400 Mark? Bisschen viel, oder?" Thomas versuchte, zu handeln.
„400! Oder ihr bleibt unten."
„200!"
„400!!! Letztes Wort. Dafür bekommt ihr von mir sogar Strom da oben."

Zum Glück hatte Thomas Eurocheques mit. Wir stellten also einen Scheck aus, der unerbittliche Bus-Besitzer reichte uns eine kleine Leiter und öffnete eine Dachluke, über die wir auf das Busdach klettern konnten. Dem Dach ging es wie dem Besitzer – ein bisschen Wasser wäre auch hier mal wieder angebracht gewesen. Aber, wir waren nicht in der Position, Forderungen stellen zu können. Außerdem sollte nun alles gut werden: Wir waren da, die Sonne schien, wir hatten Plätze direkt an der Strecke und in wenigen Stunden bereits würden unmittelbar vor uns Werner und Holgi um die Wette fahren.

Ich übertrug das Rennen mit meinem neuen C-Netz-Handy. Die Sendung aus dem Studio wurde vom Programmdirektor höchstpersönlich moderiert, diesen Hammer wollte er sich nicht entgehen lassen. Zur Unterstützung war seine Assistentin bei ihm. Während er die Sendung „fuhr", konnte ich ihr am Telefon immer sagen, wann ich das nächste Mal live on air gehen wollte.

Der Höhepunkt stand unmittelbar bevor, Holgi saß bereits in seinem Porsche, Werner lag auf seiner Horex. Es war unfassbar laut, so dass ich über mein Telefon kaum noch etwas vom Programm mitbekommen konnte. Jetzt bloß nicht den großen Moment verpassen. Aber im Studio schien man mich nicht zu hören. Ich ging davon aus, dass die Assistentin am Apparat sei und rief hektisch in den Hörer: „Wir müssen loslegen! Hallo? Hört mich jemand? Sag dem Dicken mal einer, wir müssen loslegen! Jetzt! Jetzt!"

Da hörte ich die Stimme des Programmdirektors. Er sagte: „Carsten, hier ist der Dicke. Und übrigens, wir sind schon seit 30 Sekunden live auf Sendung." Shit! Ich hatte meinen Chef auf dem Sender nicht gerade „Dicker" genannt, oder? Mir wurde plötzlich heiß und kalt. Scheiß-Hektik. Und überhaupt, wieso hatte ich das alles hier nicht besser vorbereitet, verflucht noch mal? Doch zum Verzweifeln blieb keine Zeit, es fiel endlich der Startschuss. Die Strecke war keine 1.000 Meter lang und nach knapp 20 Sekunden war alles vorbei. Brösel hatte sich verschaltet und Holgi war mit seinem Porsche davongebraust. Am Ende gab es 100 Kisten Bier für Holgi und Brösel wurde mit Katzendreck beworfen, so war es vorher ausgemacht worden. Und für mich gab es am Tag drauf ein kurzes, intensives Gespräch mit dem Chef. Das Thema war mir schon vorher klar gewesen, denn die Sekretärin hatte zu mir am Telefon gesagt: „Carsten, der ‚Dicke' möchte dich gerne mal sprechen."

Nach der ganzen Aufregung brauchte ich jedenfalls erst einmal ein paar Tage Urlaub. Urlaub! Oh ja, da kann ich auch ein paar Geschichten erzählen.

FAMILIENURLAUB ODER AUSBILDUNG IM KELLER

„Mir ist schlecht." Meine Schwester war kreidebleich und es war klar, was geschehen würde. Ein paar Sekunden später musste sie sich am Straßenrand übergeben. Ich kannte das schon, das passierte nämlich immer, wenn Köthes in den Urlaub fuhren.

Unsere Familie besaß kein Auto. Papi hatte nie einen Führerschein gemacht („Wozu? Es gibt doch Busse und Bahnen! Ist auch besser für die Natur." Fest steht, mein Papa war der erste Umweltschützer überhaupt!) und Mutti ist trotz erfolgreich absolvierter Fahrprüfung nie Auto gefahren. Was auch gut so ist. Mutti neigt im Auto zum Ängstlichsein. Selbst an jeder Vorfahrtsstraße hätte sie gehalten und geguckt, „es könnte ja einer kommen".

Wir fuhren jedes Jahr mit einem lieben Bekannten, Onkel Willi, in die Ferien. Der hatte ein kleines Fernsehgeschäft und besaß für die Transporte ein großes Auto. Wie immer ging es nach Grömitz. Dass man auch woanders hätte hinfahren können, war mir jahrelang nicht klar. Ich dachte, die Regierung legt so etwas fest. „Köthes, die sind für Grömitz eingeteilt." Fertig.

Samstagmittag um 12.00 Uhr brachen wir auf. Draußen waren es 28 Grad und die Sonne knallte fröhlich vom Himmel. Gewiss würde heute außer uns niemand auf die Idee kommen, an die Ostsee zu fahren. Nee, natürlich nicht. Kurz hinter dem Ortsausgangsschild von Ratzeburg standen wir alljährlich im längsten Stau des Jahres. Im Auto herrschten gefühlte 50 Grad und die roten Plastiksitze im Auto erhitzten sich schlagartig, so dass man mit seinen nackten Beinen – „quaaatsch" – ständig festbackte.

Wir saßen auf der Rückbank. Mutti in der Mitte, meine Schwester Christiane („Ane") links, ich rechts. Einmal saßen wir nebeneinander, aber das ging keine fünf Minuten gut, da hatten wir uns schon wegen irgendetwas in die Wolle gekriegt. Vorne im Auto wurde geraucht. Onkel Willi am Steuer schmökte Juno, Papi auf dem Beifahrersitz seine HB. Beide waren natürlich nicht angeschnallt, „sonst kommt man nicht an den Aschenbecher". Ist klar. „Wie wäre es mit Frischluft?", quakte ich von hinten, doch Mutti lehnte ab: „Dann zieht's."

Aber jetzt war ja erst mal 'ne kurze Rast angesagt, weil meiner Schwester speiübel war. „Sie kann das Autofahren nicht gut ab", glaubte Papi. Auf die Idee, dass es möglicherweise am Zigarettenqualm gelegen hatte, war er natürlich nicht gekommen ...

Wenigstens konnten wir nicht verhungern, denn Mutti hatte unterwegs ein paar kleine Snacks gereicht. Die waren zwar lecker, aber zusätzlich zum Rauch roch es im Auto jetzt auch noch nach Frikadellen und hartgekochten Eiern.

Fünf Stunden und etliche Staus später (damals gab es die Ostseeautobahn noch nicht und man quälte sich endlos im dichtesten Urlaubsverkehr durch die Ferienorte) erreichten wir Grömitz. Zum Glück hatten wir 14 Tage gebucht, diese Zeit würden wir brauchen, um uns von der Hinfahrt zu erholen. Und trotz allem Ungemach, wir Köthes zogen in diesem Jahr eine positive Bilanz: Meine Schwester hatte nur dreimal in den Straßengraben gereihert, einmal weniger als im Vorjahr. Immerhin.

Können Sie jetzt verstehen, warum ich mit längeren Fahrten in vollbesetzten Autos so meine Schwierigkeiten habe? Aber damals bei R.SH hatte ich keine andere Wahl.

Wir saßen zu viert im kleinen R.SH-Polo, meine Kollegen Axel, Volker, Claudia und ich. Schon seit Stunden juckelten wir über Autobahnen und Landstraßen, mir war schlecht ohne Ende und böse Erinnerungen wurden wach an die Grömitz-Touren von früher. Doch heute ging es nicht in den Urlaub, Ziel unserer Dienstreise war Holland. Es ging zu Ad, zu dem Mann, der in den Anfangsjahren jedem Nachwuchsmoderator bei R.SH gezeigt hat, wie eine Radio-Sendung funktioniert. Ad war selber viele Jahre ein erfolgreicher Programmchef und Radio-DJ gewesen. Ohne Ad wäre R.SH nie und nimmer so erfolgreich geworden. Vor dem Sendestart war nur klar, dass R.SH irgendwie anders klingen sollte. Aber wie genau? Ad wusste es. Lange bevor die ersten Takte im Radio zu hören waren, hatte Ad den Sound im Ohr. Quasi wie ein Fußballtrainer, der sich vor dem nächsten Spiel die richtige Taktik überlegt. Aber da nur Ad genau wusste, wie der Klang von R.SH sein sollte, konnte auch nur er die Moderatoren schulen. Nur wie? Kurzerhand ließ er in seinem großen Keller vier provisorische Übungsstudios einbauen. Talent hatten alle, die zu ihm kamen. Jetzt ging es darum, das Handwerk zu erlernen.

Ad wohnte in einem großen Einfamilienhaus, roter Backstein, riesiger Garten, unendlich gemütlich. Schon beim Betreten des Hauses wurde klar, hier ist einer zu Hause, der Musik liebt und lebt. Fast alle Wände im gesamten Haus waren von unten bis oben mit Regalen versehen. In den Fächern türmten sich Schallplatten über Schallplatten. Vom Fußboden bis unter die Decke.

Unsere Übungsstudios befanden sich im Keller. Vom Flur gelangte man über eine kleine Holzstiege (links und rechts Schallplatten!) in einen großen Kellerraum (ebenfalls überall Schallplatten!). Zwei vergitterte Fenster sorgten für spärliches Tageslicht. Von diesem Raum gingen zwei weitere klitzekleine Abstellräume ab, beide ohne richtiges Fenster, aber mit einer kleinen Lüftungsklappe versehen. In jedem Raum stand eine Art Radio-Studio, etwa so, wie wir es aus dem Funkhaus kannten, nur eben viel kleiner und viel primitiver. Ein kleines Mischpult mit ein paar Reglern, ein Mikro mit Ständer, zwei Plattenspieler links und rechts, ein Tapedeck für Musikbetten und ein Tapedeck, mit dem wir unsere Übungssendungen aufnehmen sollten.

Dieser dunkle Keller war für fünf Tage unser Zuhause. Irgendwann wussten wir kaum noch, ob draußen Tag oder Nacht war – wir hockten im Keller und übten und übten und übten: Wie geht eine Moderation? Wie fange ich einen Satz an, damit ein Hörer sofort interessiert ist? Wie setze ich Töne ein? Wie geht eine Pointe? Vor allem aber: Wie bekomme ich es hin, dass das Ganze am Ende auch noch cool klingt? An welchem Punkt eines Titels fange ich an, zu reden, welche Musik wähle ich als Moderationsbett (Talkover) und wie steige ich in den nächsten Titel ein?

Ich saß im kleinsten Studio des Kellers (natürlich!), einem ein mal ein Meter großen Raum. Mein Pult stand auf einer Wandplatte, die diagonal an den Wänden befestigt war, rechts unter der Kellerdecke war ein kleiner Glasbaustein, den man kippen konnte. Mehr Tageslicht und frische Luft gab es nicht. Und ich war Raucher! So saß ich in meinem eigenen Zigarettenqualm und übte immer und immer wieder ein und dieselbe Moderation. Links auf dem Plattenspieler dudelten ABBA, rechts hatte ich den nächsten Titel schon bereitgelegt, „Relight my fire“ von Dan Hartman, dessen Introzeit betrug 22 Sekunden. Das war die Zeit, bis zu dem Moment, an dem der Künstler anfing, zu singen. Der ABBA-Song ging zu Ende, 15 Sekunden vor Schluss war der ideale Punkt, um mit der Moderation zu beginnen. Die letzten Takte von ABBA würden dabei unter meinen gesprochenen Worten liegen: „Moin moin, das waren ABBA hier bei Radio Schleswig-Holstein mit Carsten Köthe, wussten Sie eigentlich, dass …“ Jetzt mit der anderen Hand den nächsten Regler hochschieben und das Musikbett starten, aber währenddessen nicht vergessen, was man eigentlich sagen wollte. 20 Sekunden vor Ende der Moderation dann rechts den Plattenspieler starten und über die ersten Takte von Dan Hartman drübermoderieren: „... ich sage Ihnen, so etwas habe ich noch nie erlebt. Weiter geht es hier bei R.SH mit ‚Relight my fire'."

Ich weiß nicht, wie oft ich diese Moderation wiederholt habe. Mal hatte ich bei ABBA den Ausstiegspunkt verpasst, mal hatte ich vergessen, den Regler für das Musikbett hochzuschieben, mal war ich vor lauter Technik mit dem, was ich eigentlich sagen wollte, komplett durch den Tüdel gekommen. Und einmal war mir das halbe Mischpult entgegengekommen, weil sich an der Wandverankerung ein paar Schrauben selbstständig gemacht hatten.

Von dieser kleinen Ausnahme abgesehen, haben wir uns sauwohl gefühlt – auch ohne Tageslicht. Frühstück, Mittagessen, Abendbrot gab's oben in der Küche, danach ging es direkt wieder in den Keller. Und nachts (einmal war es 4.00 Uhr morgens geworden!) kam Ad dann, um mit uns über unsere Moderationen zu sprechen. „Einstieg gut, Musikbett müsste lauter, schöne Pointe, versuch mal, etwas natürlicher zu klingen", und so weiter. Manchmal sind wir noch nachts nach der Besprechung wieder in unseren Studios verschwunden, um das Gelernte gleich umzusetzen.

Nach dieser Woche waren wir stehend k. o., aber wir wussten jetzt, wie Radio wirklich geht. Nun noch ein bisschen Übung, dann stand unserer Moderations-Karriere nichts mehr im Wege.

Es ist müßig, zu erwähnen, dass bei der ersten Live-Sendung alles Gelernte wie weggeblasen ist, oder? Plötzlich sitzt man im Studio und weiß, das hier ist nicht mehr der Übungskeller von Ad, das hier ist die Realität. Meine erste Tagessendung war an einem Nachmittag. Alles ging gut, bis auf den Fauxpas mit Peter Maffay. Ich hatte „Und es war Sommer" im Programm, allerdings von LP, der Plattenspieler war jedoch noch auf Single-Geschwindigkeit eingestellt. Also piepste Peter plötzlich mit Micky-Mouse-Stimme los: „Es war ein schöner Tag, der letzte im August…“

Zum Glück wurde bereits etwas später der Sendebetrieb auf CDs umgestellt und sämtliche Vinyl-Platten aussortiert. Ihnen erging es damit so wie Jahre zuvor den Schwarz-Weiß-Fernsehern. Irgendwann waren die einfach nicht mehr gefragt – außer bei den Köthes.

SCHWARZ-WEISS-GESCHICHTEN ODER ZWIEBELMETT IST MEIN GEMÜSE

Ich habe argumentiert, ich habe alle Vorzüge aufgezählt – es half nichts: Meine Eltern investierten tatsächlich noch Mitte der 70er Jahre ihr Erspartes in eine sinnlose Mahagoni-Schrankwand (mit beleuchtbarer Hausbar!), anstatt sich, wie unsere Nachbarn, einen vernünftigen Farbfernseher zuzulegen.

Seien wir ehrlich, unser alter Schwarz-Weiß-Kasten war inzwischen reif fürs Museum. Außerdem besaß er eine abschließbare Frontklappe, was meinen Eltern eine Machtposition verschaffte, die sie schamlos ausnutzten. Einige Sendungen hätte ich nur als großzügige Gegenleistung für gute Schulnoten gucken dürfen: für 'ne Zwei in Mathe den „Kommissar“, für 'ne Zwei in Physik „Rauchende Colts“ und für 'ne Zwei in Chemie die Folgen der „Fünf Freunde“. Das hieß im Klartext: Ich wäre eigentlich ohne Fernsehen aufgewachsen. Ein Glück, dass meine Schwester irgendwann zufällig den Zweitschlüssel für die Frontklappe entdeckte.

Die Lage entspannte sich erst, als die Firma Nordmende einen tragbaren Schwarz-Weiß-TV für schlappe 198 Mark auf den Markt brachte: mein erster eigener Fernseher.

Mittels einer hochtechnischen, integrierten Zimmerantenne konnte ich bei den vier Programmen sogar zwischen „stark rauschend“, „schwach rauschend“, „gutes Bild – kein Ton“ oder „guter Ton – kein Bild“ wählen. Einwandfrei zu empfangen waren nur die Dritten Programme. Ausgerechnet. Dort gab's nämlich das alltägliche Schulfernsehen, wo frühpensionierte Pädagogen mit wirren chemischen Formeln jonglierten.

Sonst gab's noch ARD (allerdings nur bei Sonnenschein), ZDF (wenn ich die Antenne auf Nord-Ost gedreht hatte) und, nicht zu vergessen, bei uns zu Hause in Ratzeburg konnte man DDR 1 empfangen.

Da lief übrigens meine Lieblingssendung am Sonntagmorgen: „Mach mit, mach's nach, mach's besser“, moderiert von Adi, einem gutgelaunten DDR-Sportfreund, der in einem blauen Trainingsanzug heitere Turnwettkämpfe zwischen der Ernst-Thälmann-Realschule aus Suhl und der Walter-Ulbricht-Oberschule aus Cottbus moderierte. Ganze Klassen wurden von Adi erbarmungslos über Böcke, Matten und Turnkästen gejagt und zu Hause erinnerte ich mich mit Freude daran, dass ich mir für die letzten Winter-Bundesjugendspiele rechtzeitig die Krankmeldung besorgt hatte.

In der ARD gab's für uns Kinder fast nie was zu gucken. Gut, es gab die „Partridge Family“ mit David Cassidy, das guckte meine Schwester manchmal, aber dafür war ich noch zu klein. Im ZDF zeigten sie wenigstens noch „Flipper“ mit Porter Ricks und seinen Söhnen Bud und Sandy. Einer der Söhne war allwöchentlich leichtsinnig genug, um ohne Trinkwasser in einem winzigen Ruderboot aufs Meer hinauszupaddeln. Nur gut, dass der schnatternde Delphin („Vater, Flipper will uns was sagen …“) immer noch rechtzeitig Porter Ricks mit seinem Hammer-Motorboot alarmieren konnte.

Fernsehhöhepunkt war allerdings die ZDF-Hitparade. Hier wurden sogar die Adressen der Stars eingeblendet. Erst viel später habe ich durchschaut, dass das nicht die wirklichen, sondern nur die Adressen der Plattenfirmen waren. So bin ich Jahre in dem festen Glauben durchs Leben gegangen, Rex Gildo, Jürgen Marcus und Roy Black würden alle in einem Haus wohnen. Erst als später noch Jürgen Drews und die Les Humphries Singers dort mit einzogen, dachte

ich: „Jetzt wird's aber ganz schön eng...“ „Kann man solche Leute eigentlich auch mal treffen?“, hatte ich meinen Vater gefragt. „Nein“, hatte er lachend geantwortet, „die sieht man nur im Fernsehen.“ Nun ja, stimmte nicht ganz.

Im Laufe der Jahre habe ich ohne Ende Promis kennen gelernt, aber komischerweise ist Jürgen Drews immer der Erste, der mir einfällt. Von ihm hatte man eine ganze Zeit lang nicht so viel gehört, als wir ihn 1989 zur R.SH-Geburtstagsfete nach Damp einluden. Doch jetzt sollte er wieder richtig durchstarten. Ein paar Wochen zuvor hatte Onkel Jürgen nämlich „Irgendwann, irgendwo, irgendwie“ auf den Markt gebracht und wir waren einer der ersten Sender, der den Song rauf und runter gespielt hatte. Jetzt stand er hinter der Bühne und wartete auf seinen Auftritt. Der Saal war rappelvoll. Eigentlich hätte der Geburtstag unter freiem Himmel gefeiert werden sollen, aber Regen, Sturm und ein Gewitter hatten uns einen ordentlichen Strich durch die Rechnung gemacht. Als die Leute mitbekamen, dass jetzt Jürgen Drews kommen würde, pfiffen einige. Also versuchte ich alles, ihn so groß wie möglich anzusagen. „Wir haben mit ihm im Kornfeld übernachtet, wir sind mit ihm aufs Dach gezogen und er hat immer gesagt, irgendwann, irgendwo, irgendwie sehen wir uns wieder. Der Tag ist gekommen! Wir freuen uns tierisch. Freut euch mit uns. Hier ist Jürgeeeeeen Dreeeews!“ Na also, jetzt war Stimmung in der Bude. Ich ging links von der Bühne runter, Jürgen Drews kam von rechts. Aber bevor er anfing, zu singen, lief er mir hinterher und rief: „Hey, warte mal. Vielen, vielen Dank.“

Ich: „Wofür?“

Er: „Für die Ansage. Das war supernett von dir.“

Dann stürmte er zum Publikum und hatte einen sensationellen Auftritt. Später in der Umkleide habe ich ihn gefragt, warum er sich bei mir für die Ansage bedankt hatte. Er antwortete: „Weil du alles gegeben hast, um das Publikum auf meine Seite zu ziehen. Nichts ist blöder, als wenn man gegen Pfiffe ansingen muss." Das fand ich klasse und ehrlich. Noch heute, und das rechne ich Jürgen Drews ganz hoch an, vergisst er in keinem Interview, zu erwähnen, dass er seine zweite Karriere ein klein wenig auch uns von R.SH zu verdanken hat.

Im Laufe der R.SH-Jahre habe ich dann noch viele Künstler getroffen und ihre Auftritte anmoderiert, einige allerdings gegen meinen Willen, zum Beispiel den von Guildo Horn im R.SH-Musikzelt zur Kieler Woche 1993. Ich sollte ihn und seine Band „Die Orthopädischen Strümpfe" ansagen. Ich hatte noch nie etwas davon gehört, weder von Guildo noch von seiner seltsamen Kapelle. Ich ging zu meinem Chef Hans Scherer und maulte los: „Wieso muss ich immer irgendwelche Bands anmoderieren, die keiner kennt? Ich habe keinen Bock auf 'ne Ansage, wenn nur zehn Leute bei uns im Zelt sind."

Der Boss versuchte, mich zu beruhigen. „Ganz ehrlich. Das wird ein super Auftritt. Zu Hause in Köln sind die Superstars. Sie werden sehen." Der Abend kam, ich war pünktlich am R.SH-Musikzelt und hörte bereits hinter der Bühne ein Grummeln von schätzungsweise ein paar Tausend Leuten. Ich blickte um die Ecke, von wo aus man einen Teil des Publikums sehen konnte, und konnte es kaum fassen – das Zelt war gerammelt voll. Und nicht nur das: Die Leute trugen seltsame Hemden, seltsame Pullunder, große Sonnenbrillen und schwenkten Sonnenblumen.

Der Chef war auch da. Ich fragte: „Was ist das da draußen?"

Er grinste. „Hab' ich doch gesagt! Viel Spaß bei der Ansage."

Dann wurde mir zum ersten Mal Guildo Horn vorgestellt. Was für eine Erscheinung: ziemlich groß, ziemlich wabbelig und ziemlich zottelig. „Was wird das hier heute Abend?", fragte ich. Er: „Eine Schlager-Revue. Ich überreiche einen Strauß bunter Melodien."

Schließlich ging ich auf die Bühne und rief den 6.000 Fans (!) zu: „Lasst uns Guildo Horn gebührend empfangen." Und was taten alle? Sie knieten mit mir gemeinsam nieder und riefen: „Meister, Meister, Meister." Es war ein Bild für die Götter. Zum Glück hatte ich mir dieses Begrüßungsritual von Guildos Manager vorher noch schnell erklären lassen.

Und dann legte „der Meister" los, zwei Stunden lang Bata Illic, Katja Ebstein, Costa Cordalis und, und, und. Es war der Hammer, vor allem natürlich für jemanden wie mich, der das Samstags-Ritual vieler Altersgenossen teilte: erst in die Badewanne, danach im Bademantel aufs Sofa, von Mutti die Fußnägel schneiden lassen, und dann – Hitparade gucken.

Ein paar Monate nach dem Konzert traf ich mich mit Guildo in Kiel und wir moderierten gemeinsam die erste Schlager-Nacht bei R.SH. „Der Meister" ist danach noch oft in Kiel gewesen. Bei seinen Konzerten war regelmäßig die halbe Redaktion am Start, natürlich immer in Schlaghosen und bunten Hemden. Später hatte Guildo Horn noch einen Gast-Auftritt bei einer R.SH-Gold-Gala und dann schließlich entdeckte ihn Stefan Raab für sein Grand-Prix-Projekt.

Und ich hätte mich damals fast geweigert, Guildo Horn anzusagen …

Stefan Raab selbst habe ich etwa zur gleichen Zeit kennen gelernt, er war zu Besuch bei uns im Studio. Stefan Raab, dieser schräge Vogel, der damals noch bei VIVA moderierte und die Leute reihenweise durch den Kakao zog. Jetzt hatte er gerade seinen großen Hit am Start, das Teil hieß „Hier kommt die Maus" und den Song wollte er bei uns vorstellen.

Meistens wenn Künstler kommen, wird das Management nach Wünschen gefragt: Kaffee, Tee, Obst, Schnittchen – der Gast soll sich schließlich wohl fühlen. Stefan Raab wollte belegte Brötchen. Am Morgen wurden sie geliefert, nur Sekunden später roch es barbarisch bei uns im Studio. „Alter Schwede, was stinkt hier so?", fragte ich.

„Keine Ahnung, kommt von dort.“ Eine Kollegin zeigte auf die mit Papier abgedeckte Platte mit halben Brötchen für unseren Promi-Besuch.

„Guck mal drunter, was das ist.“

Sie nahm das Papier zur Seite. „Das sind halbe Brötchen mit fingerdick Mett drauf. Und mit jeder Menge Zwiebeln!“

Der Geruch wurde unerträglich. In unseren Studios kann man keine Fenster öffnen, es gab also keine Chance der Frischluftzufuhr. Wenn man längere Zeit im Studio blieb, hatte man sich irgendwann an den Zustand gewöhnt. Aber jeder, der von draußen zu uns kam, blieb wie angewurzelt im Türrahmen stehen und fragte: „Boah, was ist das???“

Wir antworteten jedes Mal im Chor: „Ist für Raab.“

Frage mal an die Männer unter den Lesern: Erinnern Sie sich an den Geruch früher in der Jungen-Umkleide in der Schule? Etwa so war der Geruchszustand bei uns, als Stefan Raab eintraf und rief: „Ahhh. Das riecht gut. So muss es sein.“

Das Interview ging los, alles funktionierte und Stefan Raab entwickelte großen Appetit. Wir haben damals nicht mitgezählt, aber fünf bis sechs halbe Brötchen hat er wohl verschlungen, während er zwischendurch mit uns und mit den Hörern über dies und über das plauderte.

Bis wir alle mitten im Gespräch so ein wenig anfingen, zu nuscheln. Irgendwie hatten sich ein paar Mettreste zwischen den Zähnen verfangen, auch bei Stefan Raab, was dazu führte, dass seine Aussprache kurzfristig an den legendären Heiner Bremer aus dem „RTL Nachtjournal“ erinnerte.

Und dann geschah es: Stefan Raab nahm Daumen und Zeigefinger und es gelang ihm offenkundig, den Mettrest zu packen. (Zur Info: Er hat sich währenddessen die ganze Zeit live mit einer Hörerin unterhalten.) Dann begann er, gedankenverloren das Mett zwischen Daumen und Zeigefinger zu einem Kügelchen zu rollen – und schmierte es irgendwohin. Wohin genau, kann ich nicht mehr sagen. Vielleicht unter den Tisch, vielleicht unter die Sitzbank, vielleicht hatte er auch ein Taschentuch benutzt.

Leider lässt sich dieser Vorfall auch nicht mehr rekonstruieren, Jahre später sind unser kleiner Studio-Tisch und die Bank nämlich abgebaut worden. Ich weiß gar nicht, ob die Möbel verschrottet wurden oder ob sie irgendwo noch stehen. Sollte jemand die Teile zu Hause haben, guckt mal unten drunter. Wenn da noch was klebt – das ist von Stefan Raab!

Kurze Zeit später, wir hatten die Sache mit dem Mett längst vergessen, hörten wir laute Stimmen aus dem Funkhausgarten – und trauten unseren Ohren nicht. Unser rüstiger Hausmeister Ernst-August und Stefan Raab waren aneinandergeraten. Unser Promi-Gast hatte es sich nämlich auf unserer Funkhaus-Terrasse bequem gemacht und telefonierte. Dabei saß er nicht, nein, er lag mehr oder weniger in unserem Strandkorb und hatte die Füße locker über die Holzlehne geworfen. Über die Holzlehne!!! Genau über die, die Ernst-August ein paar Tage zuvor mit Liebe frisch lackiert hatte. Unser Hausmeister sah das, ließ seine Gieskanne fallen und baute sich mit seinen 70 Jahren und in seiner blauen Latzhose vor Raab auf. „Ey, du Flegel, nimm die Quadratlatschen von meinem Strandkorb oder wir zwei haben ein Problem."

Raab wollte etwas antworten: „Ich bin ja gleich…" Aber Ernst-August fiel ihm ins Wort: „Gleich??? Jetzt!!! Die Füße runter oder hier ist Alarm in der Bude. Ich mach' das bei dir zu Hause auch nicht."

Wir versuchten, Ernst-August zu beruhigen, und nahmen ihn unauffällig zur Seite. Nicht, dass unser Hausmeister und Stefan Raab sich noch auf dem Rasen prügelten. Ich flüsterte: „Mensch, beruhig dich. Das ist Stefan Raab."

Und was entgegnet unser Hausmeister? „Stefan wer??? Ich kenne diesen Kerl nicht. Ich weiß nur, dass er seine Füße auf meinem Strandkorb hat!"

In der Zwischenzeit hatte Stefan Raab sich schon längst normal hingesetzt und zum Schluss gaben er und unser Hausmeister sich sogar die Hand. „Lustiger Kerl", murmelte unser Promi-Gast und lachte. Dann ging Raab wieder ins Studio und griff zur nächsten Metthälfte.

An genau diesem Tag wurde bei uns die Idee mit dem Mett-Quiz geboren. Jeden Morgen kann eine Firma bei mir um Mett-Brötchen für die ganze Belegschaft spielen. Ich bin mir nicht sicher, aber ich glaube, dass Mett damals eher ein Schattendasein in den örtlichen Fleischerei-Theken führte. Inzwischen können Sie in Schleswig-Holstein gucken, wo Sie wollen, überall liegt Mett, Mett, Mett! Mitten in der Auslage! Quasi im Scheinwerferlicht! Eine Zeit lang gab es in diversen Supermärkten übrigens „original Carsten Köthe's Zwiebelmett". Als ich einmal im Urlaub an der Fleischtheke stand und noch überlegte, was ich kaufen wollte, lächelte mich die Verkäuferin an und sagte: „Bestimmt Mett, Herr Köthe, stimmt's?"

Ich antwortete: „Ja, gerne, aber woher kennen Sie mich?"

Daraufhin zeigte Sie mit dem Finger in die Auslage. Dort lag ein riesiger, frischer Mettklops – und obenauf prangte ein kleiner Aufsteller mit meinem Gesicht! Stimmt, hatte ich ganz vergessen. Damals hatten diverse Fleischerei-Abteilungen mit meinem Foto geworben.

Abends traf ich die Verkäuferin übrigens in einer Disco und sie wollte doch tatsächlich mit mir tanzen, „schließlich sind Sie ja ein Promi". Weil mein Gesicht in einem Mettklops steckte, oder wie? Schöner Promistatus! Nun, immerhin mal 'ne Tanzaufforderung. Es gab Zeiten, da sah das ganz anders aus.

WIE GEHT NOCH MAL 'NE RUMBA? ODER WARUM DER KANZLER ZU SPÄT ZUM FERNSEH-INTERVIEW KAM

Nicht überall habe ich in meinem Leben immer den besten Eindruck hinterlassen, zum Beispiel in der Schule oder beim Bund. Gut, in beiden Fällen hätte ich mich mehr anstrengen können. Aber an manchem Reinfall hatte ich keine Schuld, zum Beispiel an dem Drama auf meinem Abtanzball. Es gibt nicht einmal Fotos davon. Jedenfalls keine richtigen. Die einzigen Bilder, die existieren, zeigen meine Tanzpartnerin und mich, als sie der Kamera gerade ihren Rücken zudrehte. Von mir sind nur meine beiden Hände unterhalb ihrer Schultern zu erkennen. Sonst nichts.

Der Grund: Meine Tanzschulpartnerin Petra war 1,80 Meter groß und hatte ihre körperliche Entwicklung, im Gegensatz zu mir, bereits weitgehend abgeschlossen.

Petra war mir im Losverfahren zugeteilt worden.Das war notwendig geworden, weil im gesamten Tanzkurs kein Mädchen in meiner Größe war. Also, fast kein Mädchen! Einige hatten sich vor mir hinter einem Pfeiler versteckt, andere, die mir gefallen hätten, wurden schon von ihren Freunden mit Mokicks zur Tanzstunde gebracht und waren demzufolge weder von mir noch von meinem hammermäßigen Bonanza-Rad (mit Bananensattel und der guten Sachs-Drei-Gang-Schaltung) beeindruckt.

Nun – Petra und ich wurden ein wirklich überragendes Tanzpaar: Beim Discofox (Musik: „Yes sir, I can boogie“ von Baccara) blieb sie stocksteif, beim Knutsch-Stehblues (Musik: „Le Rêve“ von Ricky King!!!) hielt sie ihre Arme gestreckt, so dass ich mal gerade bis auf 90 Zentimeter an sie herankommen konnte, und bei der Samba (Musik: „Tanze Samba mit mir“ von Tony Holiday) wippte sie, wie ich heute noch glaube, absichtlich so sehr mit ihrem Busen, dass mir nach vier Takten ganz schwummerig wurde.

Höhepunkt des Tanz-Dramas war der Abtanzball selbst, auf dem sich Petra nach dem Eröffnungstanz mit „starken Migräneanfällen“ bei mir abmeldete, um danach mit einem 1,90-Meter-Hünen die Nacht durchzusteppen. Für innerfamiliäre Tumulte sorgte schließlich noch mein Ehrentanz mit Mutti, eine Rumba, bei der ich mehr auf ihren Schuhen stand als auf dem Tanzparkett.

Dennoch: Diverse andere Mütter im Saal fanden meinen Tanz mit Mutti so „reizend“, dass sie mich fortan schier umlagerten und ich den Rest des Abends Damen ab 55 Jahren durch den Saal schieben durfte. Zugegeben, es herrschte zu dieser Zeit bereits akute Männerknappheit: Etwa 45 Väter (mein Vater natürlich vorneweg!) hatten sich nämlich in den Vorraum der Tanzschule zurückgezogen. Dort stand ein Fernseher. Es war Samstag, 22.15 Uhr, Zeit für das „Aktuelle Sportstudio“ im ZDF, moderiert von meinem großen Idol Harry Valérien. Und auch zu dieser Geschichte sollte es mal eine Fortsetzung geben.

Fußball-WM 1990 in Italien. Das Halbfinale stand an. Deutschland gegen England in Turin. Sport-Reporter sitzen zu zweit an Mini-Tischchen. Die Dinger sind so lütt, dass man bei der Arbeit Schulter an Schulter sitzt und die Ellenbogen sich ständig berühren. Der Sitz neben mir schien an diesem Tag nicht besetzt zu sein. Super. Nur noch fünf Minuten bis zum Anpfiff.

„Ist der Platz neben Ihnen noch frei?“ Die Stimme kam von hinten. Mist, jetzt wird es doch wieder eng. Egal. „Ja, natürlich. Ist frei.“ Ich räumte meine Sachen weg, ohne mich umzudrehen. So nahm ich meinen Nebenmann erst wahr, als er Platz nahm: Harry Valérien vom ZDF-Sportstudio. Der Harry Valérien!!! Wie oft hatte ich ihn im Fernsehen gesehen, meist trug er bunte Pullis und oft war er (ob nun gespielt oder nicht) auf der Suche nach der richtigen Kamera. „Wo samma? Ah, da samma!“

Ich fasse zusammen: Ich war bei der WM in Italien. Ich würde gleich ein Halbfinale Deutschland gegen England miterleben. Und ich saß neben Harry Valérien. Leute, hier lief gerade ein ganz großer Film ab und ich war mittendrin. Carsten Köthe aus Ratzeburg.

„Für wen arbeiten Sie?“ Nicht ich suchte das Gespräch mit Harry Valérien, er suchte das Gespräch mit mir!

„Ich bin hier für R.SH. Radio Schleswig-Holstein. Privater Radiosender. Und Sie?“ Fürs ZDF war er jedenfalls nicht mehr tätig, so viel stand fest. Zudem saß er ohne jegliche Schreibutensilien oder dergleichen neben mir.

„Am Ende der Weltmeisterschaft wird mein WM-Buch erscheinen. Deshalb bin ich bei jedem Spiel mit dabei.“

„Aha. Falls Sie Lust haben, würde ich Sie nachher gerne zu Ihrer Experten-Meinung befragen. Ich halte Ihnen das Mikro hin und wir plaudern einfach drauflos.“ Alte Journalisten-Regel: Fragen kostet nix.

„Gerne, junger Freund.“

Er hatte tatsächlich „junger Freund“ zu mir gesagt. Kurze Zeit später ging Harry Valérien kurz noch ein Getränk holen, diese Zeit nutzte ich, um im Sender anzurufen. „Ihr glaubt ja gar nicht, neben wem ich hier sitze. Harry Valérien! Und jetzt kommt's: Ich werde ihn während meiner Reportage interviewen. Heute ist mal wieder Glückstag, ihr Lieben!"

Es kam alles noch viel besser. Deutschland und England trennten sich nach 90 Minuten mit einem Unentschieden, in der Verlängerung fielen keine Tore, es ging – wie so oft, wenn beide Mannschaften aufeinandertrafen – ins Elfmeterschießen. Und mein prominenter Sitznachbar sagte plötzlich: „Komm, Bursche (jetzt sagte er Bursche zu mir!), wir moderieren es gemeinsam." Und so saßen Harry Valérien und ich dicht aneinandergedrängt und überschlugen uns beim Übertragen. Wir sprachen beide in mein Mikrofon, das an meinem Kopfhörer befestigt war. Das hieß, immer wenn Harry Valérien sprach, musste ich meinen Kopf zu ihm drehen. Dadurch bekam ich einige Szenen nur aus den Augenwinkeln mit, zum Beispiel den legendären Fehlschuss von Chris Waddle. Aber den hätte ich auch so wahrgenommen, denn Harry Valérien rief plötzlich: „Sappradi", was übersetzt wohl so viel heißt wie: „Alter Schwede". Jahre zuvor hatte ich diesen Ruf von ihm schon einmal gehört, allerdings im Fernsehen, als bei einem Ski-Abfahrtslauf ein Athlet mit Karacho in den Fangzäunen gelandet war.

Am Ende sprach fast nur noch Harry Valérien. Er sprudelte förmlich über, man merkte ihm an, wie viel Freude er daran hatte, diese dramatischen Minuten zu kommentieren. Irgendwann war's vorbei. Deutschland hatte England im Elfmeterschießen geschlagen und stand im Finale. Harry Valérien stand auf, drückte mir die Hand und sagte: „Schön war's. Vielleicht kommentieren wir ja mal wieder gemeinsam. Sie machen das übrigens ganz prima."

Zum Schluss also sogar noch ein Lob vom Altmeister! Was für ein Tag. Und das war noch nicht das Ende. Denn jetzt kam ja noch das große Finale. Aber davon später mehr.

Ja, in Fußballstadien kann man was erleben. Einmal allerdings musste ich kurzfristig um mein Leben fürchten. Es war direkt nach dem EM-

Finale Holland-Sowjetunion 1988 in München. Bereits fünf Minuten vor Spielschluss war ich aufgesprungen und in Richtung Ehrentribüne gerannt. Hier würde ich bestimmt noch ein paar Promi-Stimmen zum Spiel bekommen. Ich war gerade in einem Durchgang angekommen, als es plötzlich dunkel wurde. Hatte jemand das Licht ausgeknipst? Nein, Helmut Kohl erschien! Dieser Riesenmensch durchschritt eine Glastür, die sich nach links und automatisch öffnete. Natürlich passte der Kanzler locker durch die Tür, aber bei ihm sah es trotzdem so aus, als müsse er sich hindurchzwängen. Kohl war umgeben von einem Tross von geschätzt 20 Personen: Begleiter, Sicherheitsleute, Redakteure von ARD und ZDF, die den Kanzler zum Interview abholen wollten. Und ich stand im Weg – mitsamt meinem kleinen Aufnahmegerät. Flucht nach hinten – unmöglich. Der Kanzler hätte mich eingeholt. Wenn er einen Schritt machte, dann musste ich mindestens drei machen. Es gab nur eine Chance: Mikrofon hochhalten, Aufnahmeknopf drücken und losfragen: „Herr Bundeskanzler, zwei Fragen zum Spiel …"

Jetzt gab es nur zwei Möglichkeiten: Entweder Helmut Kohl würde mich niederwalzen (möglicherweise nicht einmal absichtlich – ich weiß nicht, ob ein Mensch meiner Größe für jemanden wie Helmut Kohl visuell überhaupt wahrnehmbar ist) oder er würde …

Helmut Kohl blieb stehen! Vor mir. Mitsamt seinem Gefolge. Als stünde man auf Eisenbahnschienen und die Dampflok würde gerade noch vor einem anhalten. Ich ging dem Kanzler schätzungsweise bis zur Brust – gefühlt ging ich ihm bis zur Taille. Ich hatte meinen Arm komplett ausgestreckt, trotzdem musste sich der Kanzler runterbeugen, um in mein Mikrofon sprechen zu können. „Es war ein schönes Finale mit einem verdienten Sieger. Einen herzlichen Glückwunsch an unsere holländischen Freunde." Eine Nachfrage, noch eine Nachfrage – dann wurde es von Seiten der öffentlich-rechtlichen Kollegen ungemütlich. Einer der Typen quakte mich an: „Kannst du jetzt mal aus dem Weg gehen, du Kasper?" Der Kerl schien ziemlich unter Druck zu sein. Logisch, im Studio von ARD und ZDF wartete man auf den

Kanzler zum Fernsehinterview, und der kam nicht an den Laden, weil er mir ein Interview gab.

Seit diesem Tag unterscheide ich übrigens in Sachen Interviews zwischen „Stehenbleibern“ und „Weitergehern“. Zur letzteren Gruppe gehörte zum Beispiel Hans-Dietrich Genscher, den ich nur kurz nach dem Kanzler interviewen wollte. Wäre ich nicht im letzten Moment zur Seite gehechtet, dann hätte der Mann im gelben Pulli mich überrannt.

Leider gibt es von all diesen Momenten keine Fotos. Schade, aber wir waren als Reporter viel zu beschäftigt damit, gute Töne abzuliefern, so dass an Fotografieren kaum zu denken war. Und die Handykamera war schließlich noch nicht erfunden worden. Na, eigentlich war es auch egal, mit „Nicht-auf-Fotos-auftauchen“ kannte ich mich nämlich bereits aus.

EINSATZ FÜR FATIMA ODER TODESANGST IM FUSSBALLTOR

„Wir gucken Kinder-Dias“, hörte ich meinen Vater noch frohlocken, nur Sekunden später stöberte er bereits auf dem Dachboden nach seinem Uralt-Projektor, Marke „Fatima de luxe“, Baujahr 1966. Kinder-Dias! Einmal im Jahr musste ich diese familiäre Verhöhnung meiner Person über mich ergehen lassen. Es sind genau (ich habe mitgezählt!) 167 Dias. 160 davon zeigen meine Schwester, auf dem Rest bin ich zu sehen. Meistens am Bildrand. Manchmal auch unscharf. Wahrscheinlich bin ich da aus Versehen durchs Bild gelaufen …

Sekunden später drohte dem zünftigen Dia-Abend allerdings regelmäßig bereits ein jähes Ende. Die gute Foto-Leinwand war wieder einmal nirgends aufzufinden. Zuletzt hatten wir Kinder sie 1975 für Schattenspiele genutzt. Vater wusste Rat und nagelte kurzerhand Muttis bestes weißes Tischtuch im Wohnzimmer-Türrahmen fest. Es war die achte durchlöcherte Tischdecke in acht Jahren, was zu einer kurzen (aber heftigen!) elterlichen Kontroverse führte.

Licht aus, Projektor an, meine Schwester erschien auf der Leinwand. Natürlich! Dann die Sensation: Für gewöhnlich gab der Projektor schon nach drei

Dias seinen Geist auf, diesmal erst nach vier Bildern. Ein Dia klemmte. In einer 30-minütigen Heimwerker-Lehrstunde wurde „Fatima" wieder auf Vordermann gebracht. „Wollen wir nicht lieber Fernsehen gucken?" Die Nörgelei meiner Schwester blieb nicht überhört und katapultierte sie in der Erbrangfolge von Rang eins auf Rang zwei.

Licht aus, Projektor an, wieder meine Schwester auf der Leinwand. Bild 97, Bild 98 …

Dia-Abende waren nicht zu toppen, es sei denn, durch Super-8-Filme. Ich selbst war jahrelang begeisterter Hobby-Filmer. Noch heute sprechen unsere Nachbarn zu Hause mit riesiger Begeisterung von meinen Film-Abenden: Das eintönig surrende Geräusch des Filmprojektors und mein 22-minüter Schwenk über die Allgäuer Berglandschaft bei Oberstdorf haben damals die gesamte Nachbarschaft in kollektiven Tiefschlaf versetzt. Zum Glück hatte ich an der Eingangstür Gummi-Teddys und Lakritzbonbons zu Wucherpreisen verscherbelt und so wenigstens die Produktionskosten eingespielt.

Ich sage es noch einmal: verfluchter Mist! Ich hätte in all den R.SH-Jahren viel mehr Videos drehen und Fotos machen sollen, vor allem von dieser genialen Zeit als Reporter bei der Fußball-WM in Italien. Das Halbfinal-Final-Erlebnis mit Harry Valérien hatte ich ja gerade schon beschrieben, aber ich muss Ihnen einfach noch mehr von der WM erzählen. Zum Hintergrund: Seit schätzungsweise 1970 hatte ich kein Fußballspiel unserer Nationalmannschaft mehr verpasst. Der Triumph von München 1974, das Aus gegen Österreich vier Jahre später, die Finals 1982 und 1986 – ich hab' immer vorm Fernseher gesessen. Und nun war ich live dabei. Und dann auch noch in Italien.

Axel Hose, er war damals Sportchef, und ich hatten uns den Reporterjob geteilt. Er übernahm den ersten Teil der Vorbereitung und den ersten Teil der WM, den Rest sollte ich wahrnehmen. Den tollen Sieg gegen Jugoslawien, das 5:1 gegen die Vereinigten Emirate und das Unentschieden gegen Kolumbien hatte ich alles zu Hause am Fernseher gesehen. Dann hieß es für mich: Sachen packen.

Wir wohnten gemeinsam mit den Kollegen der Bild-Zeitung und einem Reporter von RTL Radio in Alzate Brianza, einem traumhaften Ort unweit des Comer Sees und nur wenige Kilometer von Erba entfernt. Hier war das Lager der deutschen Nationalmannschaft. Unsere Unterkunft war ja schon sensationell, aber Matthäus, Klinsmann und natürlich Franz Beckenbauer logierten noch etwas feudaler. Letzterer hatte das schönste Zimmer weit und breit: im obersten Stock eines Turms aus Felsstein mit Rundumblick.

Jeden Morgen machten wir Journalisten uns auf nach Erba. Am Eingang mussten wir nur vor einem schmiedeeisernen Tor unsere Akkreditierungs-Unterlagen vorzeigen und schon waren wir im Hotel, wo unsere Nationalelf residierte. Über Kieswege gelangte man zum Presse-Zentrum, auf dem Weg sahen wir bereits die ersten Spieler. Einige dösten am Pool vor sich hin, andere spielten Tischtennis; die Jungs hatten im Zweifel auf alles Lust, nur nicht auf Fragen von Journalisten.

Aber zunächst war auch jeden Tag der Kaiser dran. Mit Franz Beckenbauer begann jeden Morgen die Pressekonferenz. Unsere Fragen lauteten unter anderem „Mit welcher Aufstellung spielen wir?“ oder „Wo sind die Stärken des Gegners?“.

Anschließend ging man zum Pressesprecher des DFB und „bestellte“ seine Spieler, mit denen man an diesem Tag gerne ein Interview machen wollte: „Ich hätte gerne den Pierre Littbarski, Klaus Augenthaler und Olaf Thon.“ Und dann kamen die Spieler kurze Zeit später zu einem geschlurft, meistens in kurzen Trainingsklamotten und Adiletten, und sagten: „Hallo, da bin ich. Dann schießen Sie mal los mit Ihren Fragen.“

Sie glauben gar nicht, wie oft ich mir in diesen Wochen gesagt habe: „Carsten, genieße das. Genieße jeden Augenblick. Du bist hier! Du bist dabei!!!“ Für die vielen älteren Kollegen mag all das normal gewesen sein, für mich war aber es ein Traum.

Sport-Journalisten sind ja ohnehin ganz spezielle Typen: Die meisten sind eher verschlossen und eigenbrötlerisch, aber bei dieser WM geschah etwas Sensationelles. Erinnern Sie sich an das legendäre 2:1 im Achtelfinale gegen Holland? Erst das Duell Rudi Völler gegen Frank Rijkaard, dann die Spuckattacke, dann die Rote Karte für beide, und das, obwohl Rudi Völler nichts gemacht hatte. Und bei uns auf der Journalisten-Tribüne wurde es laut. Normalerweise wird hier nicht geklatscht und schon gar nicht gejubelt, man ist schließlich kein Fan, sondern man ist Journalist. (Das musste ich übrigens erst lernen. Bei den ersten Spielen war ich bei jedem Tor vor Freude aufgesprungen, hatte „Schönes Ding, Klinsi“ gerufen und mich mit den Worten „Hey, gib mir fünf“ begeistert zu dem Kollegen umgedreht. Gab es aber nicht, stattdessen erntete ich von links und rechts immer tadelnde Blicke. „Ey, Leute, entspannt euch mal ein wenig.“)

Doch bei diesem Spiel war alles anders. Sie glauben nicht, was unter den Kollegen los war. Nachdem die Spucke geflogen war (ich habe sie live gesehen!!!), sprangen sie alle von ihren Plätzen auf und fluchten laut über den Schiri und die holländischen Spieler. Und später lagen wir uns jubelnd in den Armen, als Jürgen Klinsmann, der an diesem Tag ein sensationelles Spiel machte, das zwischenzeitliche 2:0 erzielte. Die Holländer waren geschlagen, das hieß schließlich auch für uns, dass das Abenteuer WM weitergehen würde.

Es folgten das Viertelfinale gegen die damalige Tschechoslowakei, das sensationelle Halbfinale gegen die Engländer und natürlich das Finale gegen Argentinien in Rom. Nur, so weit hatte ich die WM gar nicht vorausgeplant. Die Anreise war klar, mit dem Flugzeug und ganz vielen Kollegen an Bord ging es in die italienische Hauptstadt. Aber was nun? Irgendwo musste ich schließlich übernachten. Über irgendein Fremdenverkehrsbüro in Italien gelang es mir schließlich, ein Zimmer zehn Kilometer von Rom entfernt zu ergattern, für umgerechnet 300 Mark!

Und wenn Sie jetzt denken, ich hätte mich in einem Fünf-Sterne-Haus eingebucht – mitnichten! Das Hotel war eine üble Absteige und das Zimmer rundum gekachelt. Selbst die Decke war gekachelt. Normalerweise hätte hier eine Übernachtung wahrscheinlich bestenfalls 30 Mark gekostet, aber die geschäftstüchtigen Italiener hatten aus WM-Gründen schnell noch 'ne Null drangehängt.

Endlich war der Finaltag da und es ging ins Olympiastadion von Rom. Noch einmal rauf auf die Journalistentribüne, noch einmal „Un'estate italiana" aus den Stadionlautsprechern (ich bekomme noch heute Gänsehaut, wenn ich den Song höre). Die WM war fast vorbei, doch der Höhepunkt stand noch bevor: der Elfmeter von Andy Brehme. Kurz darauf war Schluss. Deutschland war Weltmeister. Den Abpfiff hatte ich noch live mitbekommen, die Jubelszenen schnell noch kommentiert, dann ging es direkt durch irgendwelche Stadion-Katakomben in die Presse-Zone, wo wir wieder auf die Spieler treffen würden. Doch an Interviews war nicht zu denken. Es ging drunter und drüber und keiner der frischgebackenen Weltmeister hatte übermäßig Lust, uns Journalisten noch groß Rede und Antwort zu stehen. Wer wollte es den Spielern verdenken.

Ein paar Töne bekam ich dennoch, und zwar in der Stadion-Garage, wo der Bus der Nationalmannschaft geparkt hatte. Etwa zwei Stunden nach Spielschluss kamen die Spieler aus der Kabine, um sich auf den Weg zur WM-Party zu machen. Die meisten hatten schon ein paar Gläser Schampus und ein paar Bier intus, an „sinnvolle" Interviews war also nicht zu denken, aber die gegrölten Jubelgesänge sagten in diesem Fall ohnehin mehr als tausend Worte. Als einer der Letzten kam übrigens Andy Brehme zum Bus, unter dem Arm den WM-Pokal, den er uns Journalisten stolz präsentierte. Und wieder keiner weit und breit, der ein Foto hätte machen können.

Bei anderen Treffen mit Spitzensportlern bin ich allerdings ganz froh, dass keine Aufnahmen existieren: Vor ein paar Jahren erst sollte ich in der Hansehalle in Lübeck bei einem Benefiz-Turnier für kranke Kinder mitkicken. Natürlich sagte ich zu. Was ich nicht wusste: Ich sollte im Tor stehen! Was ich ebenfalls nicht wusste: Die meisten anderen Spieler waren richtige Fußballer. In einer der gegnerischen Mannschaften stand zum Beispiel Thomas Helmer, Europameister von 1996.

Ich dachte mir, es sei wahrscheinlich besser, ihn kurz vor dem Anpfiff darauf hinzuweisen, dass mit mir ein absoluter Amateur im Tor stand. Was eigentlich auch sichtbar war, da die zur Verfügung gestellten Torwartklamotten die Größe XXL aufwiesen. Dennoch ging ich noch rasch zu Thomas Helmer und sagte: „Moin, ich wollte nur eben Bescheid sagen, dass ich da im Tor stehe. Wäre nett, wenn Sie ein bisschen Rücksicht nehmen würden."

Er entgegnete lachend: „Natürlich, kein Problem. Ist ja auch nur ein Spaßturnier."

Ich war beruhigt und ging in mein Tor. Mein Gedanke: „Olli Kahn, guck genau hin. Jetzt kannst du was lernen."

Dann kam der Anpfiff. Männer und Fußball. Sobald der Ball rollt, ist der Kampfgeist geweckt – egal ob Meisterschaft oder Spaßturnier. In diesem Fall auch. Das Spiel war noch keine 20 Sekunden im Gange, da kam Thomas Helmer ein paar Meter vor meinem Tor frei stehend zum Schuss – und zog ab! Vollspann! Aus nächster Nähe!

Zum Glück hatte irgendein Überlebensinstinkt bei mir funktioniert und meinem Körper befohlen, sich reaktionsschnell zu Boden zu werfen. Zum Glück. Dort, wo ich noch einen Sekundenbruchteil zuvor gestanden hatte, schlug der Ball in meinem Tor ein. Wäre ich vor Schreck stehen geblieben, ich schwöre, man hätte mich vom Hallenboden kratzen können.

Wenigstens kam Thomas Helmer unmittelbar danach zu mir gelaufen, half mir wieder auf die Beine und sagte lachend: „Ach ja, Mist, ganz vergessen, du bist ja im Tor."

Trotz dieses missglückten Auftakts hat mein Team es bei diesem Turnier bis ins Finale geschafft. Was weniger an mir, sondern vor allem an meinen Mitspielern lag. Vor meinem Tor fungierte zum Glück Dieter Hecking als Abwehrchef. Damals trainierte er den VfB Lübeck, inzwischen ist er erfolgreicher Trainer beim 1. FC Nürnberg. Und im Sturm sorgte unter anderem Olli Dittrich für die Tore.

Na ja, und ein oder zwei Bälle habe ich dann auch noch gehalten. Aber, wenn ich bei älteren Aufnahmen Thomas Helmer in Aktion sehe, zucke ich noch heute vor dem Fernseher zusammen. So wie früher als Kind, wenn es am Nachmittag so richtig spannend wurde…

POLITIKVERDROSSENHEIT ODER WIE ICH ZUM „TOAST MIT OHREN“ WURDE

Ich hätte fast mein Glas „Tri Top Orange“ verschüttet. (Mutti hatte wie immer ein bisschen wenig Tri Top und ein bisschen viel Wasser genommen. Wahrscheinlich würde sie das nie lernen ...) Es war aber auch zu aufregend: Clarence war von Wilderern in einen gefährlichen Hinterhalt gelockt worden. Würde Daktari es noch schaffen, den schielenden Löwen zu befreien? Oder würde Daktari zu spät kommen?

Ich werde es nie erfahren, weil sich mein Vater urplötzlich vor dem Bildschirm aufbaute, irgendwas von Bürgerpflicht brummelte und mit einem einzigen Knopfdruck einen friedlichen Fernseh-Sonntagnachmittag beendete. Immerhin: Meine Schwester und ich hatten uns seit fünf Minuten nicht gezankt – neuer Rekord! (Der alte lag bei vier Minuten, das war, als meine Schwester Masern hatte und ich sie nicht piesacken durfte.) Es sei Wahl, wurde uns Kindern mitgeteilt, und Familie Köthe würde diese mit einem Spaziergang verbinden.

Wahl. Donnerwetter. Die einzige Wahl, die ich bislang kannte, fand regelmäßig am Abendbrottisch statt – hier durften wir uns zwischen Geflügelsalat und Fleischsalat entscheiden.

Aber das hier war ein ganz anderes Kaliber: Politiker-Wahl. Papi hatte, vermutlich um die Wichtigkeit dieses Auftrages zu dokumentieren, sogar seinen blauen Sonntags-Hut aufgesetzt, der bei jeder entgegenkommenden Familie mit drei Fingern gelupft wurde, immer verbunden mit ein wenig kurzweiliger Unterhaltung: „Na, auch zur Wahl?“ „Ja. Sie auch?“ „Ja.“ „Na dann – schönen Sonntag.“ Und gleich anschließend die Frage an meine Mutter: „Wer war denn das?“ „Das waren doch Herr und Frau Möckenbach.“ „Ach ja...“

Anscheinend durften nicht nur meine Eltern und ein paar Nachbarn über die künftige Politik entscheiden, sondern zugleich auch sämtliche Pauker meiner Schule. Jedenfalls kam uns auf dem Weg zum Wahllokal das halbe Lehrerkollegium entgegen. Was strengste Anweisungen von Mutti zur Folge hatte. „Geh gerade, da vorne kommt Dr. Schlonz.“ Natürlich bin ich absichtlich krumm gegangen und habe obendrein ein Bein nachgezogen. Noch am Wahltag wurde mein Taschengeld für die kommende Woche gestrichen. Gibt's eigentlich Politiker, die da was gegen tun? Die würde ich wählen.

Nach Dr. Schlonz trafen wir noch meinen Englisch-Pauker („Carsten ist im Mündlichen ein bisschen besser geworden, Frau Köthe.“), dann meinen Mathe-Lehrer („... ist nicht seine Stärke, Frau Köthe. Ist nicht seine Stärke.“) und schließlich meine Chemie-Lehrerin („... andere Fächer kann er ja vielleicht besser, Frau Köthe.“).

Den Vogel schoss allerdings mein Bio-Pauker ab. „Na, Carsten, gar nicht zu Hause? Meine Kinder wollten nicht mit zur Wahl, die gucken Daktari. Clarence ist gerade in einen Hinterhalt gelockt worden...“

Aaaahhhhh. Mein Entschluss stand fest. Wenn ich groß bin, mache ich Briefwahl. Und ich würde Politikern aus dem Weg gehen. Doch auch das sollte anders kommen.

Wenige Monate nach der Wende, im Februar 1990, sollte Alt-Bundeskanzler Helmut Schmidt in Güstrow auf dem Marktplatz sprechen. Dort, wo er Jahre zuvor noch zu DDR-Zeiten eine Rede gehalten hatte, seinerzeit allerdings in einer Atmosphäre, die mehr an eine Geisterstadt erinnerte. Die SED hatte damals die gesamte Innenstadt abgeriegelt und ein Ausgehverbot verhängt. Nur linientreue DDR-Bürger sollten dem Kanzler zuhören. Man wollte ein ähnliches Spektakel wie Jahre zuvor verhindern, als Willy Brandt in Erfurt mit „Willy, Willy"-Rufen gefeiert wurde.

Nun sollte Helmut Schmidt wieder in Güstrow reden. Dieses Mal vor Deutschen, die sich gerade ihre Freiheit erkämpft hatten. Und mein Chef schickte mich los mit den Worten: „Fahren Sie dahin, Carsten, und berichten Sie von dort. Stimmungen, Eindrücke, Sie wissen schon."

Güstrow, das hieß damals: schlechte Holperstraßen, unbeleuchtete Alleen, fehlende Hinweisschilder. Das bedeutete, ich würde mir jemanden suchen müssen, der mich durch die Dunkelheit dorthin lotsen konnte.

Ich rief meine Mutter an und fragte: „Warst du schon mal in Güstrow?"
„Natürlich war ich schon da. Wallenstein, August der Starke, Ernst Barlach, ich könnte dir hundert Geschichten …" Mutti setzte zu einem kleinen Vortrag an. Ich unterbrach sie:

„Hast du morgen Abend Zeit? Ich brauche jemanden, der den Weg kennt."

Mutti sagte natürlich zu. Sie freute sich am Telefon und sagte zum Schluss – spätestens da hätte ich hellhörig werden müssen: „Das muss ich gleich meinen Freundinnen erzählen."

Am nächsten Tag fuhr ich mit dem R.SH-Dienstwagen nach Ratzeburg. Dort wollte ich meine Mutter nur kurz abholen, dann sollte es direkt weitergehen nach Güstrow.

Vor der Tür standen vier (!) Damen. Mutti – und drei Freundinnen aus ihrer Kaffeeklatsch-Runde. Mutti: „Du hast doch nichts dagegen, wenn Margot, Traudel und Monika mitkommen? Ich dachte, je mehr wir sind, desto lustiger wird's."

„Mutti, das ist eine Dienstfahrt und kein Ausflug." Noch ehe ich das gesagt hatte, saßen Mutti und ihre Freundinnen bequem im Auto und so juckelte ich mit vier Damen zum Alt-Kanzler nach Güstrow. Ganz ehrlich: Ohne die heitere Runde hätte ich mich auf dem Weg zigmal verfahren. So ging alles glatt.

Der Abend in Güstrow ist mir in besonderer Erinnerung geblieben. Der Marktplatz war voller Menschen und die kleine Bühne in gleißendes Scheinwerferlicht getaucht. Helmut Schmidt hielt eine beeindruckende Rede. Er beglückwünschte die DDR-Bürger zu ihrem Mut, sich gegen die alten Machthaber aufzulehnen. Und mahnte zugleich zur Besonnenheit, wie auch immer der zukünftige Weg der beiden deutschen Teile aussehen mochte.

Auf dem Rückweg bin ich mit meiner „Reisegruppe" dann noch irgendwo in der Walachei in einem Landgasthof eingekehrt – die Damen verspürten nach diesem aufregenden Ausflug schließlich Appetit.

Mitten in der Nach war ich erst wieder in Kiel. Muttis Abschiedsworte hallten mir wie eine Drohung nach: „Wenn du mal wieder den Weg nicht weißt, ruf uns an! Wir kommen gerne mit."

Kurze Zeit später bin ich übrigens erneut über die ehemalige Grenze gefahren, dieses Mal mit Wut im Bauch. Was war passiert? Nun, ein Kollege war tags zuvor in Richtung Schwerin gefahren und sagte nach seiner Rückkehr: „Dolle Sache, die du da vorhast."

„Was für 'ne Sache?"

„Na, die Disco-Party, die du in Schwerin steigen lässt. Alter, die gesamte Allee stadteinwärts ist plakatiert mit deinem Namen. An allen Bäumen, links und rechts. Wird bestimmt super. Aber ich weiß nicht, ob der Chef davon begeistert sein wird."

Ich wusste nichts von einer Disco in Schwerin. Nie hatte ich einen Vertrag gesehen, geschweige denn einen unterzeichnet. Ich rief eine Agentur an, die mich damals manchmal für Party-Auftritte engagierte. „Wisst ihr was von dieser Veranstaltung?"

Am anderen Ende herrschte erst Schweigen, dann murmelte der Veranstalter: „Oh, ja, Moment, haben wir dir das gar nicht gesagt?"

„Nein, habt ihr nicht! Und jetzt habt ihr 24 Stunden Zeit, diese Plakate von den Bäumen zu nehmen." Mann, war ich sauer. Erst recht, als man mir mitteilte, dass im Büro die meisten Mitarbeiter Urlaub hätten und niemand die Plakate abnehmen könne.

Also habe ich mich selbst auf den Weg gemacht und versucht, möglichst viele der Disco-Ankündigungen abzunehmen. Die Plakate waren circa einen Meter hoch, 40 Zentimeter breit, leuchtend gelb und auf ihnen stand: „Am Freitag in Schwerin: Tuttifrutti-Party mit Carsten Köthe."

Und wenn Sie nun denken, das war in Sachen Plakate der Tiefpunkt meiner R.SH-Zeit – weit gefehlt. Da gibt's nämlich noch eine Geschichte, die ich eigentlich verdrängt habe: Es geht um eine riesige Plakat-Kampagne, die mir für viele Wochen funkhausintern einen neuen Spitznamen einbrachte.

Schon als die Fotos für die Plakate gemacht wurden, war ich ein wenig beunruhigt. Ich wurde extra zu einem „ganz außergewöhnlichen" (Zitat der Marketing-Abteilung) Fotografen nach Hamburg beordert. Dieser wartete mit einem vierköpfigen Team in einer riesigen Lagerhalle auf mich. „Komm, wir legen los", sagte er, öffnete zeitgleich sein

Hemd und ermöglichte mir so, während er mich fotografierte, einen ständigen Blick auf seine behaarte Brust. Die schulterlangen rötlichen Haare hatte er mit einem Haargummi zusammengebunden. Dazu fuhr er mit einem Skateboard durch sein Atelier und hörte schreiend laute Techno-Mucke. Nun gut, jeder wie er mag, aber so viel stand fest: Der Fotograf in Ratzeburg, bei dem ich immer meine Passbilder machen ließ, hatte einen deutlich seriöseren Eindruck auf mich gemacht.

Mitten hinein in die Techno-Musik hörte ich immer die Anweisungen des Fotografen: „Guck doch mal verrückt, ey. Lach mal irre, ey. Dreh mal durch, ey. Gib mir mal 'nen crazy Blick, ey."

Wofür das Ganze gut war, konnte ich erst Tage später erahnen, als mir die Plakatentwürfe einer (damals sehr, sehr renommierten) Agentur vorgelegt wurden. Ich dachte, mich trifft der Schlag: Auf dem einen Plakat war ein gezeichneter Frühstückstisch zu sehen, vorne stand ein überdimensionaler Eierbecher und in den hinein war mein Gesicht platziert. Und nicht nur das – auf dem Kopf hatte ich obendrein eine Eier-Schale! Kennen Sie die Zeichentrickfigur Calimero? Genauso sah ich aus. „Toll, oder?", flötete die engagierte Dame von der Agentur. „Das ist ein wenig verrückt, trotzdem sympathisch und stellt eine Szene am Morgen da. Passt zum Frühstücksclub." Sie strahlte.

Ich blickte mich hilfesuchend in der versammelten Runde derer um, die über diese Entwürfe befinden sollten. Alle Chefs waren anwesend und gleich würde es gewiss Proteste hageln. Recht so, dieser Vorschlag hatte es nicht anders verdient. Doch was war? Alle lächelten (!) und nickten zustimmend (!!!). Irgendjemand murmelte sogar: „Prima Idee. Gut umgesetzt." Halloo?!! Na ist ja klar, euer Gesicht steckt nicht in einem Eierbecher, bin ja nur ich.

„Schön, dass es Ihnen gefällt. Dann wollen wir uns mal den zweiten Entwurf ansehen." Mit diesen Worten nahm die Agentur-Lady Vorschlag Nummer eins zur Seite – und präsentierte die zweite Idee. Aaaahhhrrrg. Das Plakat zeigte wieder einen gezeichneten Frühstückstisch. Im Vordergrund war ein großer Toaster zu sehen und aus diesem flog eine Scheibe Toast. So weit, so gut. Aber auf diesem Toast prangte – mein ziemlich verzerrtes Gesicht. Das dazugehörige Foto war eine von den Aufnahmen, bei der der Fotograf entzückt gerufen hatte: „Super, voll crazy, jetzt haben wir es!" Und als wäre all das noch nicht genug, hatte der Grafiker obendrein links und rechts an die Toastscheibe noch meine Ohren montiert.

Jetzt würde es ein Donnerwetter geben. Dieses Plakat konnten die Chefs nicht durchgehen lassen. Nie und nimmer. Aber – nix da, alle trommelten sogar kurz auf den Tisch. Wieder hörte ich Begriffe wie „prima", „originell" und „mal was anderes". Bei mir setzte Schnappatmung ein und ich griff zur Wasserflasche. Hätte 'ne Buddel Aquavit auf dem Tisch gestanden, hätte ich mir erst mal einen eingeschenkt auf den Schreck. Alle Blicke richteten sich auf mich. Der Geschäftsführer fragte gut gelaunt: „Und, Carsten, wie finden Sie es?" Ich: „Entsetzlich!"

Himmel, was habe ich gegen diese Plakate protestiert. Aber es half nix, alle anderen fanden die Entwürfe so sensationell, dass die Kampagne schließlich mit überwältigender Mehrheit (eine Gegenstimme – die kam von mir) beschlossen wurde. Die Plakate wurden gedruckt und aufgehängt. Riesengroß. An endlos vielen Bushaltestellen im ganzen Land, von Flensburg bis Lauenburg.

Ein paar Tage später klingelte bei mir zu Hause das Telefon. Mutti war dran. Ihre Stimme klang etwas schriller als sonst. Sie rief in den Hörer: „Gerade hat mich die Freundin einer Freundin angerufen." Ich: „Und?" „Sie hat mehrere Plakate gesehen. Darauf bist du zu sehen, als Toast mit Ohren."

Toast mit Ohren!!! Diese Bezeichnung hatte ich am nächsten Morgen einem netten Kollegen anvertraut, verbunden mit der Bitte, diese nicht im ganzen Haus rumzuerzählen. Nun ja, ich hätte Muttis Schnack wahlweise auch in einer Zeitungsanzeige veröffentlichen können. Minuten später juchzte und johlte das gesamte Funkhaus und auch Wochen nachdem die Plakatkampagne bereits beendet war, hieß es jeden Tag: „Da kommt ja unser Toast mit Ohren.“

Eine Bitte: Sollten Sie noch eines dieser Plakate besitzen, vernichten Sie es. Vielen Dank.

▶ 1963. Schon damals sehr interessiert. 20.00 Uhr: Teddy und ich warten gespannt auf die Tagesschau.

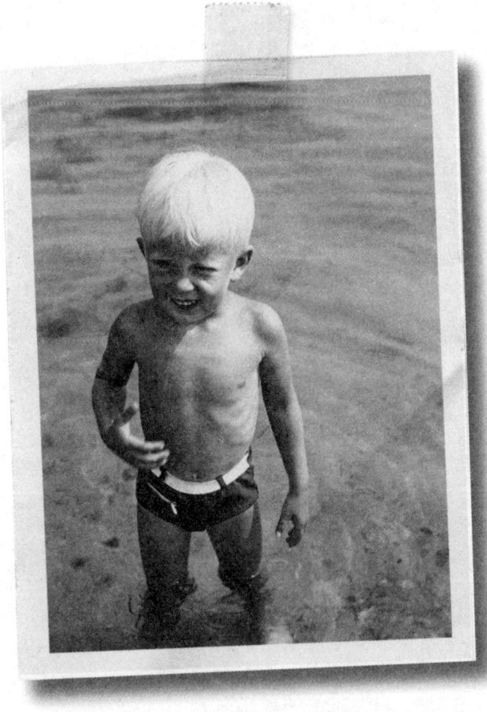

◀ Mein erster Kinder-Ironman mit vier Jahren auf Hawaii. Top in Form. Komme gerade vom Schwimmen und freue mich über die gute Zwischenzeit. (Oder doch Ostsee, 1967?)

◀ Ich wollte zur Einschulung lässige Jeans, coole Sneaker und 'ne abgefahrene Baseball-Cap. Und das ist 1968 dabei rausgekommen …

▼ Grömitz, 1974. Nein, das auf dem T-Shirt ist nicht Che Guevara – das ist Gerd Müller! Man beachte übrigens meine Frisur. Lange her (seufz).

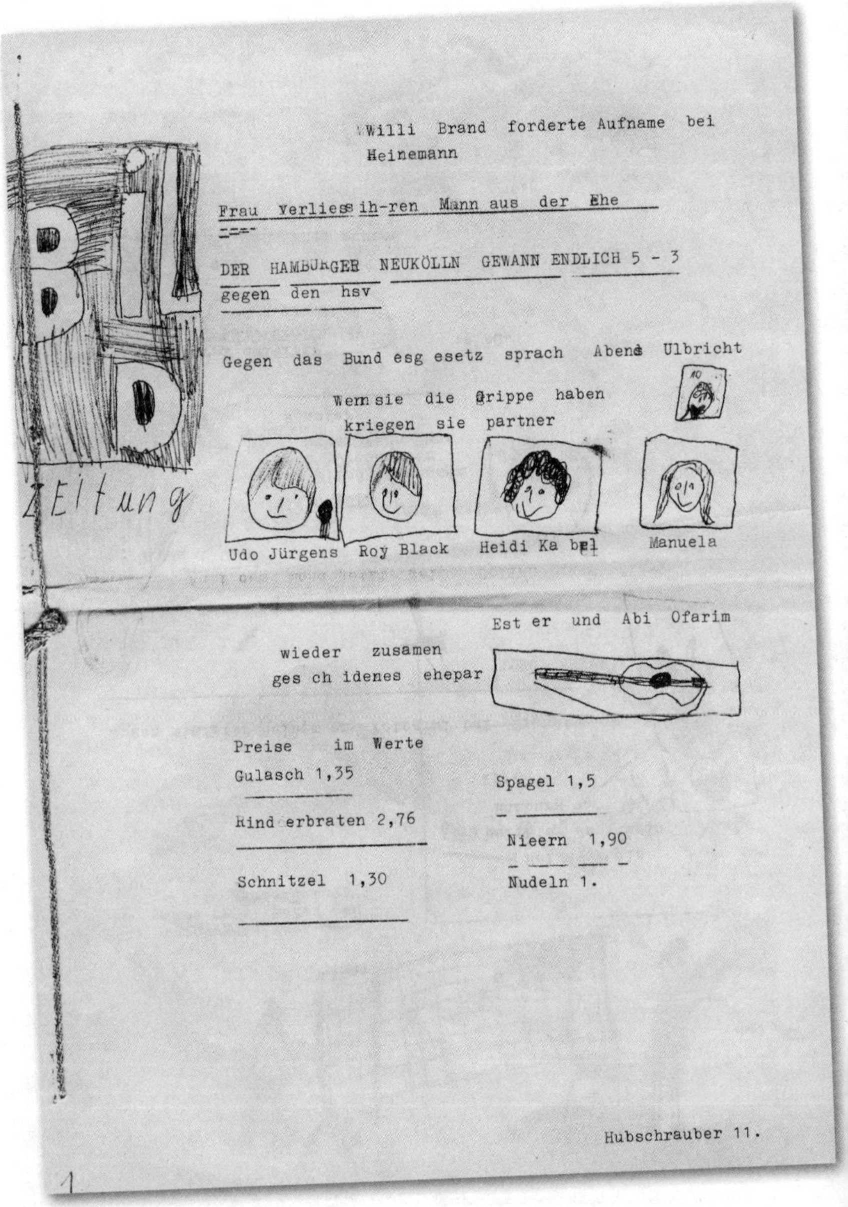
BILD ZEItung

Willi Brand forderte Aufname bei Heinemann

Frau verliess ih-ren Mann aus der Ehe

DER HAMBURGER NEUKÖLLN GEWANN ENDLICH 5 - 3 gegen den hsv

Gegen das Bund esg esetz sprach Abend Ulbricht

Wenn sie die Grippe haben kriegen sie partner

Udo Jürgens Roy Black Heidi Ka bel Manuela

Est er und Abi Ofarim wieder zusamen ges ch idenes ehepar

Preise im Werte

Gulasch 1,35

Rind erbraten 2,76

Schnitzel 1,30

Spagel 1,5

Niеern 1,90

Nudeln 1.

Hubschrauber 11.

1

▲ Erste Gehversuche als Journalist. Mein Freund Axel und ich erfinden 1968 die Bild-Zeitung. Selbstverständlich in einer Garage.

Aus dem Gesetz sprach gestern
Abend Heineman
Und Ulbricht sprach auch gegen das

51 Polizisten hinter 10 DM her

Adamo ist Sänger
Schauspiler und
Dichter

Mann erstickte seine
Frau wegen Unfall und
schweren
Mordes

Hans Ruß

Degenstr.75 IN Ratzeburg

Endlich einmel gewonen HSV verlor 3:5 ge gen denNEUKÖLLNER
Sportfe Ein

Ester und Abi Ofarim wieder in Ehe zusammen

▲ Gut, das Layout ist noch stark verbesserungswürdig. Aber sonst? Politik, Buntes, Polizeibericht, Sport – alles da.

▲ Cindy & Bert? Simon & Garfunkel? Rosenstolz? Nein, „Mutti" und ich 1991 beim legendären R.SH-Gold-Auftritt. [Foto: Holger Kasnitz]

▲ Sport-Sensation 1989 in der Kieler Ostseehalle: Als jüngerer Bruder von Jürgen Klinsmann verkleidet, treffe ich ins Tor. [Foto: Helmut Beckmann]

▲ Das Wichtigste im Beruf: im Büro immer Ordnung halten! WM in Italien 1990. Klitzekleines Technik-Wirrwarr – sauber gelöst.

► „Hallo Schleswig-Holstein, hier spricht Carsten Köthe. Ich melde mich vom Hoteldach direkt am Times Square in New York.“ Viele Hörer dachten 1995 an einen Scherz – nix da, hier ist der Beweis.

► Arm in Arm mit einem Weltstar. Ich überreiche Phil Collins die R.SH.-Gold-Trophäe. Mann, hat der sich gefreut. Und dabei war das erst die Generalprobe …

RSH
me des Nordens

RSH

W:O:A
ESTD. 1990
ENTRY
RSH

◄ Wackööööön. Headbanging, verrückte Klamotten und Metal-Musik bis die Boxen beben. Aber vor allem: die fröhlichsten Menschen der Welt. Tolles Bild von Jens Rusch.

▼ Harte Kerle unter sich. „Greimi", ein Wacken-Besucher der ersten Stunde, und ich beim Gitarrensolo. Die Fans haben ihm schon das T-Shirt vom Leib gerissen.

▲ Feierstunde 2011: der Ministerpräsident, Miri und ich mit dem Verdienstorden. Klasse Foto, aber wieso hat mir niemand ein Podest gereicht?

MANUELS GEBURTSTAG ODER ALS WIR DIE RADER INSEL ROCKTEN

Die Gurkenscheibe kam von hinten und sauste um Haaresbreite an meinem Kopf vorbei. Der Täter war selbst mit meiner 20-jährigen Derrick-Krimi-Erfahrung nicht auszumachen. Fest stand nur: Es war irgendein Bengel aus einer 30-köpfigen Geburtstagsrunde, die es sich in der Ecke meines Lieblings-Hamburger-Restaurants gemütlich gemacht hatte. Die Sache mit dem Geburtstag habe ich von der heillos überforderten Mutti (sie hatte Ketchup auf der Bluse!) erfahren: „Mein kleiner Manuel wird heute sieben", sagte sie. Mir egal, wie alt Manuel wird, Hauptsache er und seine Kumpanen hören auf, mich mit Gurkenscheiben zu bombardieren.

Und überhaupt: So etwas hätte es bei uns früher nicht gegeben. Abgesehen davon, dass es damals noch gar keine Hamburger-Restaurants gab (als ich klein war, wurde gerade die Salami-Pizza erfunden ...), hätte Mutti so eine Party nicht zugelassen. Es wurde zu Hause gefeiert. Wie sich das gehört.

Ich durfte nicht einmal die überaus praktischen Einladungen zum Ausfüllen benutzen („Lieber ..., ich feiere am ... um ... meinen Geburtstag. Du wirst nach Hause gebracht ..."). Nein, ich musste jede Karte per Hand schreiben.

Mit Füller. Und ordentlich. Mutti hat das kontrolliert. Nur gut, dass ich mich gerade mit zwei Freunden zerstritten hatte, das hieß: zwei Einladungen weniger.

Denen entging dafür Muttis Geburtstags-Büfett unter dem Motto „Alles, wovon Kindern schlecht wird“. Es gab Waldmeister-Wackelpudding mit Vanillesauce, „Igelkekstorte“ (Butterkeks mit Schokoladencreme) und Schokoküsse. Wer sich danach das frisch gestärkte Sonntags-Hemd immer noch nicht eingesudelt hatte, bekam am Abend eine letzte Chance. Es gab Bockwurst mit Salat.

Zwischendurch wurde ins Wohnzimmer zur heiteren Spielrunde gebeten: Absoluter Stimmungsmacher war das lustige Wattepusten auf dem blankpolierten Wohnzimmertisch, übrigens eine großartige Gelegenheit, sich sämtliche Krankheitserreger mit einem Mal einzufangen. Beim Wattepusten habe ich leider ständig verloren. Mutti meinte immer, ich sei einfach zu lahm für dieses Spiel. Sie hätte lieber mit mir zum Arzt gehen sollen, vielleicht war ja auch mit meiner Lungentätigkeit was nicht in Ordnung.

Zu diesem Zeitpunkt hatte sich die Teilnehmerzahl bereits von zehn auf neun reduziert: Klassenkamerad Bodo Schott hatte sich mit Übelkeit verabschiedet. Einerseits tragisch, andererseits hatte er das Bockwurst-Wettessen mit sieben Würsten eindrucksvoll für sich entschieden.

Und weiter ging's mit fröhlichen Spiel-Aktionen: „Mein rechter Platz ist leer“, „Stipp-Stopp“, „Armer schwarzer Kater“ oder „Nippel-Tippel-ohne-Nippel“. Allesamt unterhaltsame Spielideen, die wahrscheinlich einst nur erfunden wurden, um eine Horde Kinder für ein paar Minuten zu beschäftigen.

Ich habe noch viele turbulente Geburtstage gefeiert. Als ich 18 wurde, haben zwei Leute bei uns in der Badewanne übernachtet, im Jahr drauf hat mein Kumpel Papis Hausbar bis auf einen kleinen Rest geleert. Verrücktere Geburtstagsfeiern konnte ich mir nicht vorstellen. Doch dann kam R.SH.

Ich weiß gar nicht, ob ich noch alle R.SH-Geburtstage der ersten Jahre zusammenbekomme. Der erste Geburtstag fand wie bereits erwähnt direkt am Funkhaus statt, der zweite auf Helgoland. Unvergessen für jeden von uns die Bilder, wie ganze Schiffe mit R.SH-Fans bei strahlendem Sonnenschein auf der Insel eintrafen. Ebenso unvergessen das Fußballspiel unserer R.SH-Mannschaft gegen eine Helgoländer Damenauswahl und ebenfalls ewig in Erinnerung bleiben wird die abendliche Fete in einem Riesenfestzelt.

In Damp haben wir gefeiert, im Hansapark in Sierksdorf, in Flensburg (bei Hitze), in Husum (bei Sturm und Regen) und in Heide auf der Trabrennbahn (mit viiieeel Sonne).

Den zehnten Geburtstag feierten wir 1996 auf der Rader Insel, direkt unterhalb der Rader Hochbrücke. Noch heute denke ich an diesen sensationellen Tag, wenn ich auf der A 7 unterwegs bin. Ich sollte die Show moderieren, der offizielle Startschuss war für 11.55 Uhr vorgesehen und dann sollte es gleich mit einem Highlight losgehen: mit Peter Maffay.

Um 10.00 Uhr fuhr ich in Kiel los, um unbedingt rechtzeitig auf dem Geburtstags-Gelände zu sein. Um 10.15 Uhr wollte ich von der A 215 auf die A 7 auffahren – Stau! Sonntagmorgen – Stau!!! Es bewegte sich nichts mehr. Was war los? Der R.SH-Geburtstag war los! Fans ohne Ende hatten sich bereits auf den Weg gemacht, um rechtzeitig dort zu sein, wenn Peter Maffay unseren Geburtstag eröffnen würde. Ich stand. Fünf Minuten, zehn Minuten. Es tat sich nichts. Ab und an rollte ich mal ein paar Meter vorwärts. Wir versuchten per Handy, jemanden auf der Rader Insel zu erreichen – keine Chance. Ich hatte noch keinen Soundcheck gemacht, ich hatte noch keinen endgültigen Ablaufplan und – mir lief die Zeit davon. Plötzlich entdeckten wir auf dem Standstreifen einen Polizeiwagen. Ich fragte: „Gibt's noch irgendeinen anderen Weg, um zur Rader Insel zu gelangen?“ Nein, gab es nicht, aber die Polizisten wurden trotzdem zu meinen Rettern. Sie setzten sich in ihr Fahrzeug, machten Blaulicht an und eskortierten mich am Stau vorbei zur Bühne. Um 11.45 Uhr kam ich endlich an, der Chef drückte mir mein Mikro in die Hand und rief: „Los, hoch, alle anderen sind schon auf der Bühne. Und übrigens – Peter darf nur einen Song singen. Er muss gleich wieder los.“

Ich fragte: „Wie? Nur einen Song? Da draußen sind jetzt schon schätzungsweise 30.000 Menschen, davon warten 25.000 nur auf ihn!“

„Geht nicht anders. Der Kapitän kann nicht länger warten.“

Der Kapitän! Peter Maffay hatte damals extra für uns die Vorbereitungen für seine Tournee unterbrochen und wir hatten eigens ein Boot gechartert, das ihn ohne Stau zur Rader Insel gebracht hatte.

Ich bettelte: „Sprechen Sie noch mal mit ihm. Und mit dem Kapitän. Bitte! Peter soll drei Songs machen! Drei!!!“ Dann hörte ich auch schon die ersten Takte des Geburtstags-Openers. Alle Kollegen waren gemeinsam auf der Bühne, um den Fans hallo zu sagen. Ich stellte alle vor, jeder Einzelne wurde vom Publikum richtig gefeiert, die Sonne schien, die Stimmung war super, es konnte losgehen. Und was war mit Peter Maffay? Am Ende des Openers kündigte ich ihn an: „Normalerweise kommt ein Superstar erst zum Schluss, wir legen gleich mit einem Superstar los. Hier ist von uns für euch … Peter … Maffay.“

Im Vorbeigehen klatschte er mich ab und hielt mir drei Finger hin. Sollte heißen: Keine Sorge, ich spiele drei Songs. Unser Chef Hans Scherer hatte ihn und den Kapitän mit Engelszungen überredet. Aus den drei Songs wurden übrigens fünf, unter zwei Zugaben wollten die Fans Peter nicht von der Bühne lassen. Dieser zehnte R.SH-Geburtstag war ein Hammer und keiner von uns wird je vergessen, wie wir am Ende mit über 50.000 Fans gefeiert haben. Erinnert sich übrigens noch jemand an die weiteren Stars, die dort aufgetreten sind? Unter anderem waren das die Backstreet Boys, damals noch ganz am Anfang ihrer Karriere. Sensationell auch der Auftritt von Otto Waalkes, der den „Friesenjung“ sang. Bonnie Tyler war da, Manfred Mann's Earth Band war da, OMD waren da, Illegal 2001 waren da, Haddaway war da, und, und, und. Insgesamt waren es an diesem Tag 30 musikalische Gratulanten. Der komplette Verkehr auf der A7 war übrigens ab Mittag lahmgelegt, weil die Fans einfach auf der Rader Hochbrücke ihre Autos abstellten, um von oben runterzuschauen. Ein weiteres Problem: Um 14.00 Uhr schlugen die Mitarbeiter an den Getränkeständen Alarm: Wasser ist ausverkauft! Hinter den Kulissen kam Hektik auf und bei sämtlichen Lieferanten im Land wurde nachgefragt, ob man uns mit Getränken aushelfen könnte. Klappte dann auch. Puhh. Was für ein Spektakel. Wir feierten und feierten, so lange, bis es schließlich dunkel wurde und DJ Bobo den Schlusspunkt setzte. Auf dem Rückweg stand ich übrigens wieder im Stau. Diesmal half mir keine Polizei. Machte nichts, jeder von uns war noch so voller Adrenalin, dass an Schlaf ohnehin nicht zu denken war.

Am nächsten Tag habe ich meine Eltern angerufen und von dem tollen Tag erzählt. Und berichtet, dass ich ziemlich kaputt sei, weil ich kaum gepennt hatte. Und wie lautete Muttis Antwort? „Dann müsste ich den Rest des Lebens kaputt sein, bei den schlaflosen Nächten, die du mir bereitet hast. Denk nur mal an deine Zeugnisse.“ Oh ja …

VERSETZUNG GEFÄHRDET ODER WIE MARKUS ZU „MUTTI“ WURDE

Mutti sagte kein Wort, Papi sagte kein Wort, selbst meine plapperhafte Schwester war still, eisiges Schweigen herrschte an Köthes Mittagstisch. Der Grund hatte DIN-A4-Format, einen verdächtig blauen Umschlag und war am Morgen vom Postboten abgegeben worden: der alljährliche Blaue Brief.

Den Inhalt kannte ich bereits, es war die traditionelle Warnung meines Direx: „Die Versetzung Ihres Sohnes Carsten ist gefährdet.“ Meine Güte, was für eine Aufregung! Und das nur wegen ’ner Fünf in Mathe, ’ner Fünf in Chemie, ’ner Fünf in Physik und ’ner Fünf minus (!) in Kunst.

Ich versuchte, die Stimmung daheim zu retten, indem ich erwähnte, dass dies der fünfte Blaue Brief in fünf Jahren sei, ein kleines Jubiläum also, das von meinen Eltern als solches dennoch nicht so richtig gefeiert werden wollte.

Vielleicht hatte ich die Gemütslage von Mutti und Papi einfach auch nur falsch eingeschätzt. Ich dachte, nach Jahren des schulischen Kummers mit ihrem Sohn wären meine Eltern mittlerweile gegen solche Lappalien abgehärtet. Nix da, sie taten so, als würde der tägliche Gang zum Einkaufen nach diesem notenmäßigen Waterloo zum Spießrutenlauf werden. Als ob andere Menschen mit dem Finger auf meine Eltern zeigen würden („Das da sind die Eltern von dem, der den Blauen Brief bekommen hat...“), bloß weil der Sohnemann kleine Schwächen in Mathe, Physik, Chemie und Kunst aufweist. Na gut, kleine bis mittlere Schwächen.

Das Mittagessen war jedenfalls versaut, es gab nicht einmal den versprochenen Obstsalat zum Nachtisch. Mutti hatte vor lauter Wut vergessen, das Obst zu schnippeln, und auf Dosenmandarinen hatte ich keine Lust. Außerdem brauchen Kinder Vitamine, wenn's in der Schule besser laufen soll. Diesen Hinweis habe ich mir an diesem Tag allerdings verkniffen, die Stimmung schien mir für einen derartigen ernährungswissenschaftlichen Rat nicht geeignet.

Außerdem wurde es gerade richtig ernst, Mutti und Papi berieten elterliche Sanktionen: Papi forderte, ich solle mein bevorstehendes Konfirmationsgeld für Nachhilfestunden ausgeben. Dies indes wäre finanziell einem mittleren Erdbeben gleichgekommen, weil ich das Geld für ein Mofa und nicht für einen langmähnigen Oberstufenschüler und seine müden Mathe-Theorien verplant hatte. Außerdem hatte ein Mitschüler mal mein Ersuchen um Chemie-Hilfe mit den Worten abgelehnt, man könne aus einer Jaffa-Kiste schließlich auch keine Violine bauen.

Tatsächlich habe ich es zum Ende des Schuljahres dann doch noch geschafft. Keine Ahnung wie, aber zum Schluss hat es immer irgendwie hingehauen. Die Fünfen in Mathe und Physik blieben zwar, in Kunst (uninteressant, weil Nebenfach!) wurde aus der Fünf minus sogar eine Sechs, aber in Chemie hatte ich mich auf eine Vier minus verbessert. Das langte zur Versetzung.

Zur Belohnung gab's von Mutti statt Dosenmandarinen wieder Obstsalat. Frischen Obstsalat. Ja, so sind Mütter. Ich beschloss, meiner Mutti irgendwann ein Denkmal zu setzen. Ich hatte nur noch keine Idee. Noch nicht. Aber ein paar Jahre später.

„Nein, so geht das nicht! Das klingt nicht!" Markus war schier am Verzweifeln. Markus Wegmann war unser Mann im Produktionsstudio, der Herr über 1.000 Knöpfe und Schalter, deren Sinn sich mir nie wirklich erschlossen hat. Markus' Mischpult war circa drei Meter lang und bestand aus Reglern, Schiebern, Knöpfen und blinkenden Lichtern. Seit Stunden schon lief unser Stimmen-Casting für die geplante Comedy „Köthis Mutti", aber egal welche Kollegin wir uns in sein Studio geholt hatten, es klang irgendwie nicht so, wie wir uns das vorgestellt hatten. Die Eine klang zu nett, die Andere zu fröhlich, die Nächste zu jung.

Die Idee war, dass jeden Morgen „meine" Mutti bei mir im Studio anrufen sollte, um einen kleinen Plausch zu halten. Mir würde das natürlich immer hochnotpeinlich sein, denn „Mutti" drohte, alles auszuplaudern: schlechte Zeugnisnoten, Pech mit Freundinnen, sportliche Niederlagen. In den Anfangsjahren von R.SH gab es eine ähnliche Comedy, damals platzte jeden Morgen der R.SH-Hausmeister Herr Pfitzner beim Moderator in die Sendung. Jetzt sollte es eine Art Neuauflage geben, nur eben mit meiner resoluten Mutti am Telefon.

Doch dafür brauchten wir eine Stimme. Eine richtige Mutti-Stimme sollte es sein. Irgendwann war die Stimmung bei uns beiden auf dem Nullpunkt. Wir hatten etwa 15 geschriebene Mutti-Folgen, wir hatten das Okay vom Programmdirektor, wir waren heiß auf die Umsetzung – doch mit der richtigen Stimme stand und fiel die Geschichte.

Wir wollten schon aufgeben, als Markus irgendwann sagte: „Ich mach' das jetzt mal selbst."

„Wie, du selbst?"

„Ich spreche jetzt die Mutti", sagte Markus energisch, schwang sich hinter das Mischpult und griff beherzt zum Mikrofon. Er verstellte die Stimme und sprach zum ersten Mal als „Mutti“ mit mir: „Hallo Bubi.“

Es klang ein wenig wie Jack Lemmon oder Tony Curtis in dem großartigen Film „Manche mögen's heiß“, wo sie sich als Frauen verkleidet in eine Damenkapelle einschleichen. Aber es klang so, wie es klingen sollte! Resolut. Bestimmend. Drohend. Aber am Ende eben doch Mutti.

Und so legten wir zwei los und produzierten Folge um Folge, an deren Ende „Mutti“ mir immer eine Frage stellte, die ich nicht beantworten konnte, zum Beispiel: „Wie heißt noch mal dieser rote Felsen vor Helgoland, na?“ „Sie“ war natürlich außer sich vor Empörung, dass ich die Antwort mit der „Langen Anna“ nicht wusste, und pampte mich jeden Morgen mit Sätzen an wie: „Dann frag gefälligst deine Hörer! Hoffentlich hast du überhaupt noch welche, bei der Jaulmusik, die du da spielst.“

Die R.SH-Hörer haben mir natürlich jeden Morgen aus der Patsche geholfen. Als Dankeschön gab's unter anderem T-Shirts mit meiner falschen Mutti und mir vorne drauf. Eines habe ich letztens gerade im Funkhaus gerettet. Ein ganz junger Kollege wollte es in den Container werfen. Der Banause!

ACHTUNG! AUFNAHME! ODER CHARTSTÜRMER

„Und Ruhe bitte!“ Seit Stunden schon durfte in unserer hellhörigen Drei-Zimmer-Wohnung keiner mehr auch nur einen einzigen Mucks von sich geben. Papi hatte wieder sein neues Tonbandgerät in Betrieb genommen und hockte in circa 20 Zentimeter Entfernung vor der Flimmerkiste, um mit dem Mikrofon am Lautsprecher die Höhepunkte aus „Ein Galaabend der Operette“ mitzuschneiden. Anneliese Rothenberger mit einer Melodie aus der „Fledermaus“, dazu das zarte Surren des Fernseh-Lautsprechers, das dumpfe Knacken des Mikro-Kabels und ganz im Hintergrund Mutti, die in der Küche mit dem Geschirr klapperte – kein besonders toller Hörgenuss. Zumal Papi doch eine LP von dieser Frau Rothenberger im Schrank hatte … Aber meine Schwester und ich sollten ja still sein.

Damals wussten wir noch nicht, wie es sich anfühlt, wenn Aufnahmen verpatzt wurden. Später schon. Wenn wir dann mit unseren Kassettenrekordern vor dem Radio hockten, platzte Mutti unter Garantie ins Zimmer. Auf dem Band waren dann immer die ersten Klänge von den Bay City Rollers, dann das Türquietschen, gefolgt von Muttis Frage „Wollt ihr Abendbrot?“, unser Schrei „Neeeiiinnn“, erneut Türquietschen und dann endlich wieder die Bay

City Rollers. Nun hieß es locker drei Wochen zu warten, bis sie das Lied wieder im Radio spielen würden.

Natürlich gab's damals auch schon Überspielkabel, mit denen man den Ton direkt vom Fernseher abnehmen konnte, aber irgendwie war diese technische Revolution an unserer Familie vorbeigezogen.

Egal, wenigstens hatten wir jetzt ein Tonbandgerät. Handliche 20 Kilo schwer. Nussbaum-Furnier. Von einem deutschen Markenhersteller. „Die halten länger als die japanischen, Herr Köthe", hatte der Verkäufer gesagt. Und waren einfacher zu bedienen: Vorlauf, Rücklauf, Start, Stopp. Und der rot gekennzeichnete Aufnahmeknopf.

Den hat mein Papi dann auch als Erstes betätigt, mir anschließend das Mikro in die Hand gedrückt, im Hintergrund eine Schallplatte von Freddy Quinn laufen lassen und energisch mit dem Kopf genickt. Das sollte wohl so viel heißen wie: „Sing los, Bengel!", und so trällerte ich fröhlich: „Junge, komm bald wieder, bald wieder nach Haus …" Was ich damals nicht ahnen konnte: Die Aufnahme wurde noch Jahre später bei Familienfeiern, Kaffeekränzchen und Nachbarschaftstreffen vorgespielt, immer von freudigen Jauchzern der Damen begleitet. Nur meine Schwester nörgelte: „Eines steht fest: In die Hitparaden schaffst du es nicht!"

Abwarten!!!

Einmal im Jahr gab es in Kiel R.SH-Gold für die erfolgreichsten Künstler des Jahres. Das war jedes Mal ein Riesenspektakel und wurde sogar im Fernsehen ausgestrahlt. Das muss man sich mal vorstellen: Die Popwelt blickte plötzlich zu uns nach Schleswig-Holstein. Die Tickets für die Show in der Ostseehalle waren heiß begehrt und Jahr für Jahr innerhalb weniger Stunden vergriffen.

Immer vor dem eigentlichen Beginn der R.SH-Gold-Show gab es eine kleine Einlage der Moderatoren. Na ja, was heißt „klein"? Wir haben uns jedes Jahr richtig Gedanken gemacht. Meistens haben wir etwas gesungen und dazu einen Tanz einstudiert. Die Proben dazu fanden immer bei uns im Funkhaus statt und es kam jedes Mal zu tumultartigen Szenen, wenn die einen – wie vorgesehen – drei Schritte nach rechts tanzten, die anderen aber drei Schritte nach links. Sie können sich nicht vorstellen, was los war… Am Showabend selbst war dann aber immer alles gut. Anfang der 90er sagte mein Chef, Hans Scherer, zu mir: „Hätten Sie nicht Lust, einen Song über Ihre Comedy mit ‚Mutti' zu machen? Das wäre 'ne hübsche Idee für den Gold-Opener."

Und ob ich Lust hatte. Gemeinsam mit Markus machte ich mich ans Werk und eigentlich ging alles ziemlich schnell: Der Text für den Song war an einem Nachmittag fertig, die Melodie ebenso. Weil Markus und ich einen Künstlername brauchten, nannten wir uns kuzerhand „Aber und Hallo". Der Titel unseres historischen Machwerks lautete: „Ohne Mutti geht es nicht". Den Refrain kann ich noch heute im Schlaf:

„Ja, ja, ja, ohne Mutti, ohne Mutti geht es nicht,
es muss ja schließlich jemand da sein,
der ein Machtwort spricht,
der sich um den Kleinen kümmert
und der tut und macht und so,
denn ohne Mutti wär' der Bubi doch nur halb so froh."

Weder Text noch Melodie werden in die Geschichtsbücher eingehen – von unserer Ausführung ganz zu schweigen. Aber, Feinarbeiten waren nicht angesagt, die Zeit lief. R.SH-Gold stand vor der Tür und unser Chef hatte uns sogar versprochen, einen Plattenvertrag zu besorgen.

Einen Plattenvertrag! Ich fragte Markus: „Er macht Witze, oder?"

Markus antwortete: „Keine Ahnung. Aber zuzutrauen ist ihm das."

Wir erhielten tatsächlich einen Vertrag, ich besitze ihn übrigens noch heute. Bei Sony, Unterabteilung „Herzklang". Man muss dazu wissen: Unser damaliger Programmdirektor war früher bei der Ariola und kennt noch heute in der Szene Gott und die Welt. Was in diesem Fall zu der abstrusen Situation führte, dass er ein paar der ganz Großen des Musikbusiness überreden konnte, unser Projekt mit an den Start zu bringen: „Ohne Mutti geht es nicht" erschien bei CAVOK, einem Platten-Verlag, hinter dem kein Geringerer als Harold Faltermeyer stand, jener Mann also, der unter anderem die großartige Musik zu den „Beverly Hills Cop"-Filmen gemacht hatte. Ein echtes Schwergewicht in der Branche. Und den „Mutti-Remix" auf der CD hatten wir seinerzeit in einem Hamburger Erfolgs-Studio anfertigen lassen. Der Produzent hatte kurz zuvor übrigens mit Stevie Wonder zusammengearbeitet und eine Remix-Version von „I just call to say I love you" veröffentlicht.

Die Fachleute in der CD-Branche werden also nicht schlecht gestaunt haben, als plötzlich unser Werk auf den Schreibtischen landete.

Die R.SH-Gold-Show rückte näher. Unser Plan für den Auftritt sah wie folgt aus: Alle Moderatoren würden bereits auf der Bühne stehen. Nach der Begrüßungs-Rede des Programmdirektors würde Markus an einem der oberen Aufgänge erscheinen und lautstark Zutritt zur Halle fordern. Zwei Ordner sollten zum Schein versuchen, ihn zurückzuhalten. Bei den Proben lief alles wie am Schnürchen. Noch heute sehe ich Markus, wie er in seinem Mutti-Kostüm, mit der Handtasche wild nach den Ordnern schlagend, die Hallentreppe herunterpolterte: „Was erlauben Sie sich? … Das wird ein Nachspiel haben! … Bringen Sie eine Dame gefälligst zu ihrem Platz! … Wenn mein Bubi kommt, dann können Sie hier was erleben, Sie Flegel."

Dann sollte ich in schwerer Verzweiflung auf die Bühne gestürmt kommen und versuchen, das Schlimmste zu verhindern. „Mutti, mach keinen Quatsch! Das ist hier eine Live-Sendung."

Anschließend musste Markus auf die Bühne kommen und wir würden gemeinsam mit allen Moderatoren unseren Song schmettern. So weit der Plan. Doch je näher der Auftritt rückte, umso größer wurden unsere Zweifel. Was, wenn keiner klatschen würde? Was, wenn die Leute Markus gar nicht als Mutti erkennen würden? Wir schmiedeten Notpläne und übten uns in Durchhalteparolen. „Auch wenn keiner applaudiert, wir ziehen das Ding durch", sagte Markus und holte sich ein Bier. „Zur Beruhigung!"

Daraus wurden zwei oder drei Bier. Dann wurde es 19.45 Uhr und unsere Wege trennten sich. Ich ging mit allen Kollegen zur Bühne, Markus zu seinem Aufgang. Der Programmdirektor hielt seine Rede. Noch zwei Minuten. Alle Moderatoren betraten leise die Bühne. Ich blickte auf den Fernseh-Monitor neben einem Aufgang. Noch 30 Sekunden. Jetzt war die Rede zu Ende. Nun würde Markus loslegen. Man konnte ihn in der Halle noch nicht sehen, da dröhnte seine Stimme bereits über die Lautsprecher: „Lassen Sie die Finger von mir! Sie Flegel. Ich …" Weiter konnte Markus gar nicht sprechen. Der Rest ging in einem unbeschreiblichen Jubel unter. Die Leute hatten ihn noch gar nicht gesehen, da war schon klar, dass jetzt „Mutti" kommen würde.

Markus übertraf sich an diesem Abend selbst. Er gestikulierte, wedelte mit der Handtasche, drohte den Ordnern mit einer Tracht Prügel („Wenn mein Bubi Sie erwischt, dann können Sie was erleben!") und raunzte einen Journalisten in der ersten Reihe an („Stehen Sie wohl bald mal auf, Sie Schreiberling? Ich will hier sitzen. Machen Sie Platz für eine Dame!").

Dann kam unser Song, aber der war in diesem Moment schon Nebensache. Für uns beide war dieser Abend jetzt schon in unser persönliches Geschichtsbuch eingegangen. Nach der Show haben wir gefeiert, bis es draußen hell wurde.

Meinem Kollegen Frank Bremser habe ich oft von diesem denkwürdigen Moment erzählt, Jahre später sollte er dieses Gefühl am eigenen

Leib erleben: Als „Jürgen“ aus dem Kaufhaus Patzig stolzierte er zum Opener auf die Bühne und war die ersten Augenblicke nicht zu verstehen, weil die Zuschauer völlig aus dem Häuschen waren. Zu diesem Zeitpunkt stand ich hinter der Bühne und wartete auf meinen Auftritt, direkt hinter mir stand Udo Jürgens. Er würde in diesem Jahr die Show eröffnen. Als die Leute bei Franks Auftritt mit den Füßen trampelten, tickte mir Udo Jürgens auf die Schulter und fragte: „Wer ist das denn?“

Ich sagte: „Jürgen aus dem Kaufhaus Patzig. Das ist unsere Radio-Comedy und Jürgen ist eine der Hauptfiguren.“

Udo Jürgens schüttelte den Kopf. „Es gibt Sachen bei euch hier oben, die gibt's sonst nirgends auf der Welt.“

„Mutti“ und ich hatten später mit unserem Mutti-Song übrigens sogar zwei weitere Fernsehauftritte: einen in der „Aktuellen Schaubude“ in Hamburg und einen in Köln bei RTL. Bei Letzterem waren wir zu Gast im „Musikcafe“. Moderator der Sendung war Dennie Christian, der Jahre zuvor mit „Rosamunde“ in der Hitparade aufgetreten war.

Jedenfalls war es nicht so, dass die Spitzenleute der Unterhaltungskunst in dieser Show auftraten. Markus, unseren drei süßen Tänzerinnen und mir war es egal. Wir hatten unseren Spaß. Die Sendung mit unserem Auftritt war übrigens die letzte Folge vom „Musikcafe“. Wir hoffen mal, es hat nicht an uns gelegen.

Danach haben Markus und ich die Gesangskarriere noch ein wenig vorangetrieben und kurz darauf eine neue Version von „Im Wagen vor mir“ aufgenommen. Damit sind wir ein paar Wochen später in Kiel bei einer großen Autoverkaufsschau, der Automeile, aufgetreten. Vor der Bühne war es rappelvoll, Markus und ich sangen erst im Stehen „Ohne Mutti geht es nicht“ und nahmen dann auf zwei Stühlen Platz. Anschließend bekamen wir beide ein ausrangiertes Lenkrad in die Hand und präsentierten unseren Auto-Song.

Alles war auch toll, nur Markus' Mutti, die ebenfalls im Publikum stand, hatte irgendwann entsetzt die Hände vors Gesicht geschlagen. Aus gutem Grund! Unsere Bühne war circa 1,50 Meter hoch und Markus trug natürlich sein Mutti-Kostüm, also die Bluse und den Rock. Im Stehen auch alles kein Problem, aber er hatte schlicht und einfach vergessen, dass man als „Dame" nicht breitbeinig auf einem Stuhl sitzt. So hatten schätzungsweise 3.000 Menschen ein paar Minuten lang einen freien Blick auf Markus' – immerhin tadellose – Unterhose.

Ach übrigens: Mit „Ohne Mutti geht es nicht" waren wir sogar ziemlich weit oben in der R.SH-Nordparade platziert – auch wenn diverse Kollegen heute behaupten, ich hätte die Liste damals manipuliert. (Hatte ich nicht, ihr Blödis!). Bei der R.SH-Nordparade werden jeden Samstag und Sonntag die 40 Songs, die in Schleswig-Holstein am erfolgreichsten sind, gespielt. Unsere höchste Platzierung war Platz zwölf, noch vor Bruce Springsteen und Marius Müller-Westernhagen. Gut, deren Songs hielten sich auch etliche Monate in den Charts, aber für den Moment sah das echt gut aus!

SHOWTIME ODER „LEUTE, IST DER BEGRIFFSSTUTZIG!“

„Nimm das Fragezeichen, du Depp!“ Meine Schwester und ich waren außer uns. Wir guckten mal wieder „Am laufenden Band“ und der Kandidat war zu döschig, um sich am Ende der Show die ganzen Preise merken zu können, die auf dem Laufband an ihm vorbeigerauscht waren. Nun quakte der Mann irgendwas von „Kaffeeservice und Toaster“. Dabei wusste längst jeder, dass sich bei Rudi Carrell die besten Preise hinter Fragezeichen, Globus und Telefonbuch versteckten.

Kaffeeservice und Toaster. Dafür verlässt heutzutage kein Fernsehzuschauer mehr den heimischen Sessel. Früher war das anders. Bei Robert Lembkes heiterem Beruferaten „Was bin ich?“ gab's bestenfalls 50 Mark und ein Porzellan-Sparschwein, vorausgesetzt Guido, Annette und der Rest des überalterten Rateteams waren nicht in der Lage, herauszufinden, dass der Kandidat zum Beispiel Gänseschlachter war. (Meine Schwester und ich hatten aufgrund der „typischen Handbewegung“ auf Kunstmaler getippt…)

Bei Hans Rosenthals „Dalli Dalli“ bekam der Gast zu den Kleinpreisen wenigstens noch ein Blitz-Porträt von Schnellzeichner Oskar. Dafür musste man als

Kandidat allerdings manchmal zur Klaviermusik von Heinrich Riethmüller auf dem Rate-Karussell mitfahren. Ein ähnliches Modell stand früher in unserem Salamander-Schuhladen. Schuhe mochte ich als Kind nur während der Karussellfahrt aussuchen. Nach drei Anproben war meiner Mutti von der ganzen Dreherei immer speiübel.

Bei Ilja Richters „disco“ bekam man als Gewinner überhaupt nichts, außer einer lauwarmen Cola während der Sendung. Und dann musste man auf das Kommando „Licht aus, Spot an“ auch noch in die Kamera winken.

Jedoch, nicht nur die Kandidaten, auch die Künstler gingen früher halbwegs leer aus. Nehmen wir nur „Zum Blauen Bock“, jene bizarre Nachmittags-Orgie mit dem säbelbeinigen Hessen-Urgestein Heinz Schenk, dem Oberkellner Reno Nonsens und der Fernseh-Wirtin Lia Wöhr, die jeden Studiobesucher hemmungslos „Äppelwoi“ einschenkte. Die Stargäste der Show bekamen lediglich einen unförmigen Steinkrug namens „Bembel“ mit nach Hause. Die Gesangstruppe „Medium Terzett“ hielt mit 30 Auftritten den Rekord als häufigste Gäste. Die müssen ja ganz scharf auf die Dinger gewesen sein.

Jahre später hatte der wunderbare Heinz Schenk eine großartige Rolle in Hape Kerkelings Film „Total normal“. Er spielte Heinz Wäscher, einen alternden Fernsehstar, der nix mehr auf die Reihe bekam. Die Schuld für sein Versagen bekamen allerdings immer andere: Tänzerinnen, Lichttechniker, vor allem aber das „lustige Glückshäschen“. Ich hab’ mich damals gefragt: „Ob es beim Fernsehen wirklich so ist?“ Ich sollte es eines Tages herausbekommen.

Ein lilafarbenes (!) Sakko mit glänzenden Nietenknöpfen (!!), eine giftgrüne Pailletten-Weste (!!!), eine schwarze Lackhose (!!!!) und schwarzlila Cowboystiefel (!!!!!) – kein Spruch, um ein Haar wäre ich in diesen Klamotten auf die Bühne gekommen, als ich zum ersten Mal die R.SH-Gold-Show moderieren sollte. Beim Opener mit allen Moderatoren war ich ja schon diverse Male dabei gewesen, nun durfte ich die Show moderieren und die Trophäen übergeben.

Eine „erfahrene Fernsehdesignerin“ hatte mir mein grandioses Showoutfit angedreht. Tagelang war sie dafür mit mir Parade-Kleinstädter durch sämtliche Unterwelt-Läden in den Seitenstraßen von St. Pauli gestreift, in denen es außer Lackhosen übrigens noch Peitschen, Latexmasken und andere bizarre Utensilien gab, die mir bis zu dem Zeitpunkt verborgen geblieben waren …

Abgesehen davon, dass ich mich mit den Cowboy-Stiefeln schon beim allerersten Schritt auf der Showtreppe langgemacht hätte, stand der Fernsehregisseur bei meinem Anblick während der Proben kurz vor einer mittelschweren Herzattacke. „Ist Karneval, oder was?“ Mit diesen Worten und 200 Mark wurde ich kurzerhand in die Kinderabteilung eines Kieler Kaufhauses geschickt. Da habe ich mir viel zu große Klamotten gekauft (Größe 176), was zur Folge hatte, dass ich noch fünf Minuten vor Showbeginn in Unterwäsche im Regieraum stand und drei Damen fieberhaft versuchten, meine Hose um die Hälfte zu kürzen.

Das Showleben ist hart. Zumindest für einen Moderator. Jeder Künstler bekam bei R.SH-Gold eine exquisite Garderobe, nur mich haben sie vier Jahre lang in einen Wohnwagen im unbeheizten Vorraum der Ostseehalle verfrachtet.

Immerhin wird man als Fernsehmoderator aus Prinzip nicht angenörgelt. Schon gar nicht vom Regisseur – siehe Heinz Schenk alias Heinz Wäscher. Selbst wenn man auf der Bühne alles verbockt, was nur zu verbocken ist, bekommt die Schuld immer irgendein Bild- oder Tontechniker. So auch, als ich bei den Gold-Proben mal nicht mehr wusste, ob ich erst in Kamera sieben und dann in Kamera neun oder erst in die Zwei und anschließend in die Fünf gucken sollte. „Super, Carsten“, lobte mich mein Regisseur übers Hallenmikrofon, „du warst prima. Wir haben nur ein klitzekleines Tonproblem.“ Dann machte er das

Mikro aus und sagte zu seinem Assistenten: „Leute, ist dieser Köthe begriffsstutzig!“ Woher ich diese Geschichte weiß? Nun, meine Frau saß direkt daneben …

Gut, im Nachhinein tut mir unser großartiger Regisseur ja heute noch leid. Normalerweise führte er unter anderem die Regie bei „Wetten, dass …?“ und arbeitete mit Thomas Gottschalk zusammen. Jetzt hatte er einen Fernseh-Laien wie mich an der Backe, der mit seinem Augenfehler kaum in der Lage war, das Rotlicht (hieß: Achtung! Auf Sendung!) der Kameras am anderen Ende der Halle zu erkennen.

Wie schnell Fernseh-Ruhm verblasst, musste ich schon wenige Minuten nach der Show feststellen. Die Gala war vorüber, die vielen Zuschauer strömten zur Garderobe und aus der Halle. Vor dem großen Eingangstor warteten noch zahlreiche Fans, um ein Autogramm von den Stars zu bekommen.

Ich saß in unserem kleinen Produktionsbüro und hatte einen Mörderhunger. Den ganzen Tag hatte ich kaum etwas gegessen. Komisch, eigentlich war ich doch gar nicht so aufgeregt gewesen, aber außer ein paar Bananen hatte ich am Tag der Show nichts runterbekommen. (Das war übrigens ein Running Gag in den Jahren drauf; der Küchenchef hatte immer ein paar Bananen extra für mich zurückgelegt.)

Den lieben langen Tag hatte es am Künstler-Büfett hinter der Bühne die leckersten Sachen gegeben, aber jetzt, als mein Magen auf halb acht hing, war alles abgebaut. Ich lief in den Küchenbereich und fragte: „Ist noch was da?“

„Nur noch ein paar Bananen.“

„Sehr witzig“, erwiderte ich, „die hatte ich den ganzen Tag schon.“

Die meisten Leute aus dem Produktionsteam hatten sich schon auf den Weg zur After-Show-Party gemacht, dort würde es ein tolles Büfett geben, aber erstens konnte ich bis dahin nicht mehr warten und zweitens war mir klar, was passieren würde: Händeschütteln hier, Küsschen dort. Heißt: Ich wäre nach zwei Stunden immer noch nicht beim Essen gewesen, hätte aber in der Zeit schon zwei, drei Bier und ein paar Sekt getrunken. Jeder weiß, wie so etwas endet.

Und dann kam mir die Idee.

Ein paar Meter von der Ostseehalle entfernt gab es damals einen Imbiss mit Pommes, Burger und Co.; nach Veranstaltungen war es dort zwar immer tierisch voll, aber ein Hamburger-Menü war genau das, worauf ich in dem Moment Lust hatte.

Das Problem war nur: Ich hatte kein Geld mehr. Meine ganzen Sachen hatte ich einem Fahrer mitgegeben, der die Tasche in mein Büro im Funkhaus bringen wollte. Darin war – klugerweise – auch mein Portemonnaie. Bei irgendjemandem hinter der Bühne lieh ich mir zehn Mark, zog meinen Mantel über und stiefelte über den Europaplatz.

Im Burger-Laden war natürlich die Hölle los, die Mädels hinterm Tresen kamen kaum mit dem Bedienen hinterher. Ich stand hungrig in der Schlange, als die ersten Gäste mich erkannten und fragten: „Waren Sie nicht eben noch auf der Bühne?"

„Ja, genau", antwortete ich.

„Und, äh, was machen Sie hier?"

„Burger holen. Ich hab' einen tierischen Hunger."

„Wir dachten immer, Fernsehleute kriegen tolle Büfetts und so."

„Stimmt", sagte ich, „das dachte ich bislang auch."

Ich schrieb Autogramme, ich durfte mit auf Erinnerungsfotos und ich wurde ausgefragt über die R.SH-Gold-Stars: „In welchem Hotel wohnt die Kelly Family?“ „Kannst du uns die Telefonnummern von PUR besorgen?“ „Wie ist DJ Bobo denn so hinter der Bühne?“

Irgendwann hatte ich meine Burger, ging mit der Tüte in der Hand zurück in die Halle, setzte mich in einen fast menschenleeren Gang und aß ganz in Ruhe. In der Halle selbst hörte ich Gepolter und Geschepper, die unermüdlichen Arbeiter waren dabei, die Bühne abzubauen. In ein paar Stunden würde nichts mehr an die Show erinnern.

Inzwischen war es etwa 0.30 Uhr geworden und ich wollte zur After-Show-Party ins MAX, eine große Kieler Disco. Frage nur: Wie sollte ich dort hinkommen? Alle Shuttle-Fahrzeuge waren längst los, mein VIP-Armband für die Party hatte ich selbstverständlich auch in der Tasche, die schon ins Funkhaus gebracht wurde, und ich hatte von den geliehenen zehn Mark nur noch das Restgeld übrig. Das langte nicht für die Taxifahrt.

Irgendwo lief mir an diesem Abend noch der liebe Kollege Frank Bremser über den Weg. „Wie kommst du zur Party?“, fragte ich ihn.

„Ich fahr’ noch. Willst du mit?“

Und ob ich wollte. Vor der Tür des MAX ließ Frank mich aussteigen, er selbst wollte in Ruhe einen Parkplatz suchen.

Es sah toll aus vor dem Eingang: roter Teppich, Kameras, links und rechts Fans, die ihren Stars beim Reingehen zugejubelt hatten. Gleich würde ich im Blitzlichtgewitter über den Teppich schreiten. Wow, jetzt war ich Fernsehstar.

Dachte ich.

Dann stand ich plötzlich vor zwei Hünen von der Security. „Wohin?“

Ich: „Da rein.“

Die beiden: „Das wollen viele. Dein VIP-Armband?“

Mist! Das war ja in der Tasche im Funkhaus. Ich: „Aber ich bin Carsten Köthe. Ich hab’ die Show heute moderiert.“

Die beiden: „Da waren heute schon mindestens zehn andere, die waren auch alle Carsten Köthe. Und jetzt Abmarsch.“

Ich habe einige Minuten in der Kälte gestanden und mit den Sicherheits-Leuten diskutiert, die ersten Fans riefen inzwischen ganz lieb: „Lasst ihn durch, er ist es wirklich!“, bis irgendwann zwei oder drei andere Gäste kamen und drinnen am Empfang Bescheid sagten: „Hey, euer Moderator steht draußen und kommt nicht rein.“

So endete also mein erster Abend als „Fernsehstar“: Ich hatte kein Geld mehr, als Menü hatte ich zwei Hamburger mit ’ner mittleren Pommes und die After-Show-Party hätte um ein Haar ohne mich stattgefunden.

Das allerletzte Bier nach den Gold-Shows gab es übrigens traditionell bei meinem Freund Andreas Otto auf dem Sofa. Einmal bin ich erst nach Hause gekommen, als die Kirchenglocken bereits zum Sonntagsgottesdienst läuteten. Ich muss desolat ausgesehen haben: Meine Gold-Gala-Garderobe war schon etwas verrutscht, die Fernseh-Schminke leicht zerlaufen und mein Mantel war – warum auch immer – völlig zerknittert. Ein Nachbar kam mir mit dem Hund vom Brötchenholen entgegen und sagte lachend: „Du siehst aus wie Inspektor Columbo.“ Sehr witzig. Aber, der Kerl konnte ja auch nicht ahnen, dass ich tatsächlich mal drauf und dran war, als Detektiv Karriere zu machen.

SCHNÜFFEL + CO. ODER DER GOLD-PREISTRÄGER, DER AUS DER SAUNA KAM

Vergesst 007, vergesst Percy Stuart, jetzt kommt Sherlock Köthe. 1972, gerade hatte mir die Zeitschrift „Bild + Funk“ meinen Detektiv-Clubausweis (Nr. 4372) zugeschickt. Dafür hatte ich lediglich einen simplen Bilder-Kriminalfall lösen müssen, nun konnte es daheim an die Arbeit gehen. Irgendwo bei uns in der Kleinstadt würden die Gangster-Organisationen schon vor Angst mit den Zähnen klappern …

Gemeinsam mit meinem Kumpel aus der Nachbarschaft gründete ich das Detektivbüro „Schnüffel + Co“. Doch bevor es losgehen konnte, hieß es noch, die richtige Ausrüstung zusammenzustellen: Die Lupe für die Spurensicherung kam aus Omis Nähkästchen (so blieben wir Kinder drei Wochen ohne gehäkelte Lesezeichen – ich hatte schon zwölf davon …), Notizblock und Bleistift für eilige Aufzeichnungen fand ich in der Küchenschublade und eine Pocket-Kamera hatte meine Schwester noch (statt auf ihrer Klassenfahrt die Sehenswürdigkeiten der Eifel zu fotografieren, hatte sie nur irgendwelche Typen aus der Parallelklasse geknipst …). Ach ja, Handschellen mussten unbedingt her, aber da hatte ich noch welche aus der Zeit, als ich Sheriff von „Köthetown-City“ war und tagtäglich Gangster die

Postkutsche ausrauben wollten. Alberne Kinderspiele – jetzt war Ernst angesagt.

Was uns fehlte, war ganz eindeutig ein tadelloses Walkie-Talkie, um sich bei gefährlichen Einsätzen mit dem Kompagnon verständigen zu können. Papi sah diesen Umstand ein, nahm zwei leere Konservendosen, haute ein Loch in den Boden und verband beide Dosen mit einem Bindfaden. Später habe ich in Physik gelernt, dass man so tatsächlich Schallwellen übertragen kann. Schön und gut, aber im Detektiv-Geschäft kommt es nicht so prickelnd, wenn man bei brisanten Aufträgen mit einer leeren Eierravioli-Dose vor dem Mund rumläuft.

Zumindest hatten wir inzwischen das „original Detektiv-Fingerabdruckset" aus der YPS, schwarzes Pulver und einen dazugehörigen Pinsel. In Ermangelung anderer Aufträge beschloss ich, in unserer Küche nach verdächtigen Spuren zu suchen. Schließlich ließ sich anhand der Fingerabdrücke auf dem Wasserhahn feststellen, dass Oma an diesem Tag abgewaschen hatte. (Eine beeindruckende Feststellung, Oma wusch schließlich jeden Tag ab...) Außerdem gab's noch eine Ohrfeige von Mutti: Das Fingerabdruckpulver erwies sich nämlich als äußerst hartnäckig und ließ sich nur mit zwei Flaschen Allzweckreiniger wieder von den Küchenschränken herunterrubbeln.

Der einzige Auftrag für „Schnüffel + Co." kam übrigens von meinem Deutschlehrer: „Findet für mich die Lottozahlen vom nächsten Samstag heraus!" Wir sind an dieser Aufgabe gescheitert, leider. Der Pauker hatte gesagt, vom Lotto-Gewinn wären zehn Prozent für uns gewesen.

Ein Jahr nach meinem Moderationsdebüt waren wir bei R.SH-Gold tatsächlich kurz davor, eine Detektei anzuheuern. Der Auftrag hätte gelautet: „Kriegt raus, welche Band heute Abend bei uns auftreten kann."

Es hatte sich scheinbar alles gegen uns verschworen, die Show rückte immer näher und das Wetter wurde immer bedrohlicher. Schnee ohne Ende, dazu Blitzeis auf den Straßen; in Schleswig-Holstein ging nicht mehr viel. Bei allen Verantwortlichen wurden die Sorgenfalten Stunde um Stunde mehr. Würden es alle Zuschauer gesund und munter in die Halle schaffen? Und würden alle Künstler rechtzeitig eintreffen? Einige waren schon in Kiel, andere sollten erst kurz vor R.SH-Gold mit dem Flieger in Hamburg landen, um dann mit dem Auto nach Kiel gebracht zu werden.

Meistens hatten wir in solchen Fällen Glück gehabt, dieses Mal nicht. Es hagelte Absagen.

Hans Scherer, der Chef, rotierte. „Wir müssen jemanden nachnominieren."

Ich fragte: „Wo wollen Sie denn jetzt einen Künstler hernehmen?" Es war Samstag, 11.00 Uhr. In neun Stunden würde die Show beginnen.

„Ich rufe bei Fools Garden an. Die müssen kommen."

Fools Garden! Die hatten in dem Jahr einen Sensationshit mit „Lemon Tree". Ohne überhaupt telefoniert zu haben (!), ließ Hans Scherer den Ablaufplan schon mal ändern. Dann schwang er sich ans Telefon. Zwei Stunden später kam die Meldung: Fools Garden kommen! Ich fragte: „Wann denn?" Die Antwort: „Gegen 21.00 Uhr sind sie in Kiel." Nur Sekunden später bekam ich einen neuen Eintrag im Ablauf: 21.15 Uhr, Auftritt Fools Garden. Das konnte ja heiter werden.

Ab sofort erhielt ich stündlich Statusmeldungen: Ja, zwei von den vier Musikern habe man bereits erreicht. Einer sei irgendwo unterwegs, aber man sei auf der Suche. Den Vierten habe man auch noch nicht, der sei wohl in der Sauna. Natürlich, ein Mitarbeiter der Plattenfirma sei schon unterwegs.

So ging es weiter. Mag sein, dass ein erfahrener Showmaster mit solchen Geschichten locker umkann; bei mir war das nicht so. Im Radio – kein Problem, so viel Erfahrung hatte ich inzwischen. Aber hier hätte ich schon gerne irgendwann gewusst, wer wann und wo bei mir auf der Bühne steht.

Die Proben liefen so weit glatt, dort, wo die die Künstler noch unterwegs waren, hatten sogenannte Lichtdoubles ihren Platz eingenommen; der Abend kam und R.SH-Gold startete.

Ich weiß nicht mehr, welche Künstler in welcher Reihenfolge auftraten. Jedenfalls waren Fools Garden um 21.00 Uhr noch nicht in der Halle, fest stand aber, nach dem nächsten Act würde ihr Auftritt sein. 21.05 Uhr. 21.10 Uhr. Hans Scherer sagte trocken: „Sonst musst du kurz improvisieren."

Ich: „Nee, ist klar." Der hatte Nerven.

21.14 Uhr: Fools Garden stürzten förmlich von hinten in die Halle. Eine Maskenbildnerin konnte im Vorbeigehen gerade noch mit einem Pinsel etwas Rouge auf die Wangen auftragen, da kam auch schon das „Go" aus der Regie. Ich würde von rechts auf die Bühne kommen, die Musiker von links. Von hinten zischte mir jemand ins Ohr: „Und denk dran, zu gratulieren. Einer von denen ist grade Vater geworden."

„Welcher von denen denn?"

Achselzucken! „Keine Ahnung. Irgendeiner."

„Toll. Vielen Dank für die Info."

Und schon standen wir auf der Bühne. Zum Glück war der Auftrittsapplaus für die Band so groß, dass ich dem Sänger, Peter Freudenthaler, schnell noch zuflüstern konnte: „Bist du gerade Vater geworden?"

„Ja. Deswegen konnte man mich auch nicht erreichen. Ich war mit dem Kinderwagen los."

Fools Garden hatten einen klasse Auftritt und keiner in der Halle wird gemerkt haben, dass die Jungs wirklich erst Sekunden zuvor angekommen waren. „Lemon Tree" läuft hin und wieder noch bei R.SH und jedes Mal denke ich an diesen Auftritt.

Viermal durfte ich R.SH-Gold moderieren. Jedes Mal war es spannend, in die große, weite Fernsehwelt hineinzuschnuppern. Es gibt ja auch nicht wenige Ex-Kollegen, die beim Fernsehen geblieben sind. Denken Sie nur mal an meinen lieben Freund Dennis Wilms, der jahrelang den „Tigerenten Club" moderiert hat und aktuell gemeinsam mit Starköchin Cornelia Poletto in einer wöchentlichen Kochshow zu sehen ist. Auch ich fand es faszinierend, zu erleben, wie viele Leute um einen herumwuselten: Regisseur, Licht- und Tontechniker, Assistenten, Maskenbildner und viele mehr. Einmal war eine junge Dame nur dazu abgestellt, mir nach jeder Moderation ein Getränk zu reichen. „Apfelsaft?", fragte sie immer lächelnd und hielt mir einen Becher hin. Aus Höflichkeit nahm ich die ersten drei Einladungen an, später musste ich jedoch dankend ablehnen. Eine Fernseh-Moderation und eine volle Blase passen nur schlecht zusammen.

Und dann war da ja auch noch der flotte Helfer, der ständig eine Holzkiste hinter mir herschleppen musste. Auf die sollte ich mich immer stellen, weil meine Moderations-Partnerin Sonja Zietlow mich locker um 20 Zentimeter überragte. Und ihre hohen Schuhe kamen noch dazu!

Doch, R.SH-Gold war toll. Aber ganz ehrlich, ich war auch jedes Jahr froh, wenn ich am Montag darauf wieder morgens in meinem kleinen Rundfunkstudio stehen konnte. Beim Fernsehen war ich irgendwie immer nur Gast. Hier war ich zu Hause.

FAHRSPASS AM FUCHSSCHWANZ ODER WARUM DIETER BOHLEN DAS STEAK NICHT SCHMECKTE

Astronaut, Bundeskanzler oder Losverkäufer auf dem Rummel. Diese drei Möglichkeiten gab es. Ich war zwölf, der angestrebte Radio-Beruf war aufgrund meiner Schulnoten in weite Ferne gerückt und so suchte ich fieberhaft nach beruflichen Alternativen. Ich entschied mich für den Losverkäufer-Job. Der schien mir am einträglichsten und am einfachsten zu sein, schließlich hatte ich oft genug Papis Cordhut aufgesetzt, Muttis weißes Taschentuch um mein Kassettenrekorder-Mikrofon gebunden und mit den Worten „Gewinne, Gewinne, Gewinne, reingreifen, mitmachen, toll ist das hier" versucht, selbstgebastelte Lose in der Nachbarschaft zu verhökern.

Außerdem hätte es zwischen den Köthes und echten Jahrmarkts-Leuten fast einmal familiäre Bindungen gegeben. Das war, als meine große Schwester mit 14 Jahren einen Typen der Marke „junger Mann zum Mitreisen gesucht" als neuen Freund zu Hause anschleppte, und das ausgerechnet während Muttis Kaffeekränzchen. Den Damen der Nachmittagsrunde hätte es vor Schreck um ein Haar die Schwarzwälder Kirschtorte vom Porzellan-Tellerchen gehauen.

Dabei war Kalle (richtiger Name: Karlheinz) gar nicht so übel. Erstens war er schon 16 (und durfte rauchen!), zweitens konnte er im Stehen (!) auf dem Autoscooter mitfahren (vor- und rückwärts) und drittens besaß er einen Dauer-Fahrchip, der an einem buschigen Fuchsschwanz befestigt war. Einmal mit dem Fuchsschwanz wedeln und Autoscooter fahren so oft man will – ein Traum!

Ansonsten war der Jahrmarkt bei uns zu Hause nun nicht unbedingt das, was man schlechthin einen gesellschaftlichen Höhepunkt nennt. Zwei Karussells, ein Autoscooter, zwei Wurstgeschäfte, ein Süßwaren-Verkäufer, ein Irrgarten, eine Losbude, das war's. Obwohl: Selbst wenn auf dem Rummel mehr los gewesen wäre; bei 3,50 Mark Taschengeld in der Woche waren dem hemmungslosen Fahrvergnügen von vornherein enge Grenzen gesetzt.

Wenigstens gab es schon Zuckerwatte. Die war circa einen Meter hoch und einen halben Meter breit. Alle Kinder bekamen eine, nur ich nicht mehr. Im Jahr zuvor hatte ich meine im dichten Gedränge aus Versehen an Papis neuen Kamelhaar-Mantel gebackt. Nach drei Reinigungsgängen klebte das gute Stück noch immer. Silbersalmis, die hätte ich bekommen, aber die wollte ich nicht. Einmal ging die Silber-Farbe nämlich kaum wieder von meinen Zähnen runter und alle Mädchen in der Schule dachten tagelang, ich hätte ein Stahlgebiss.

Dunkle Erinnerungen verbinde ich auch mit dem gläsernen Irrgarten: In so einem Ding musste ich mal schmerzhaft erfahren, dass mit meinem Orientierungssinn was nicht stimmt. Zwei Stunden hatte ich schon in diesem Kasten zugebracht, ehe ich plärrenderweise von zwei freundlichen Damen zum Ausgang geleitet wurde.

Und dann war da noch die Raupe: ein rumpelndes, altersschwaches Karussell, bei dem sich am Ende der Fahrt ein grünes Verdeck über die Waggons spannte. Wenn dann ein Mädchen neben einem saß, konnte man knutschen, was die morsche Karussell-Achse aushielt. Ich bin bestimmt 25-mal mit dem Ding gefahren. Immer alleine. Und im Stillen hab ich dann meine Schwester beneidet. Die hatte es gut, die hatte ihren Kalle.

Als es mit dem übrigens vorbei war, begann ihre „Status Quo"-Phase. Ane hatte ihr gesamtes Zimmer mit BRAVO-Fotos von Gitarrist Rick Parfitt gepflastert. Den fand sie ja „sooo süß". Viele Jahre später sollte ich meinen Fast-Schwager tatsächlich kennen lernen – auf der Bühne bei R.SH-Gold.

Sie hatten ihre verbliebenen Haare geschüttelt und die Gitarren im Takt von links nach rechts bewegt. So wie man das von ihnen kennt. Status Quo hatten zu Ende gerockt, nun war ich dran mit der Moderation und der Übergabe der R.SH-Gold-Trophäe. Alles lief wie am Schnürchen, aber bei Typen wie Rick Parfitt und Francis Rossi, das ist jedenfalls meine Erfahrung, muss man sich da auch keine Gedanken machen. Künstler, die seit zig Jahren im Showgeschäft unterwegs sind, wissen wie der Hase läuft. Preis entgegennehmen, kurzer Schnack mit dem Moderator, ein paar Dankesworte an das Publikum – fertig. Problematischer sind da schon eher die musikalischen Eintagsfliegen, die gerade ihren ersten Hit auf den Markt gebracht haben und nun glauben, sie wären die Größten.

Mein bestes Beispiel für einen echten Profi ist Phil Collins. Ihn hatten wir (ich hatte bis zuletzt gezweifelt, dass er wirklich kommen würde) 1998 auf der Bühne, dort bekam er R.SH-Gold für „Dance into the light".

Phil Collins! Für mich damals wie heute ein echter Superstar.

Ich hatte mir alles bestens zurechtgelegt und meine Fragen auf Englisch sauber vorbereitet. Nein, diesen Auftritt wollte ich partout nicht verbocken. Nicht, wenn Phil Collins neben mir auf der Bühne steht.

Ein paar Stunden vor der Show lief die „große Probe". Die meisten Künstler sind dann schon anwesend. Die, die noch nicht da sind, werden einfach durch Lichtdoubles ersetzt. Dass Phil Collins fünf Minuten zuvor die Halle betreten hatte, war an mir vorübergegangen. Ich stand also auf der Bühne, machte meine Anmoderation („… und hier ist Phiiiiil Collins") und erwartete nun einen Praktikanten, der zu „Dance into the light" die Lippen bewegen würde. Und was passierte? Phil Collins kam auf die Bühne. Jeans, weißes T-Shirt, Turnschuhe. Keine Starallüren, kein Wichtigtuer-Gehabe, ganz normal.

Boah, ich war so perplex, dass ich meine ganze Vorbereitung nicht mehr im Kopf hatte. Schon gar nicht, als er mit seinem Song fertig war und zur Interviewprobe zu mir zum Pult kam. Phil Collins merkte sofort, dass mir gerade die Nerven davonflatterten. Und was tat er? Er nahm mich in den Arm und sagte auf Englisch zu mir: „Kein Ding, heute Abend schaukeln wir die Geschichte schon."

So kam es dann auch. Der Auftritt von Phil Collins war klasse und beim anschließenden Interview war er munter und fröhlich. Und das Foto, das Phil Collins und mich Arm in Arm zeigt, hat zu Hause einen Ehrenplatz.

Soll ich Ihnen mal sagen, wer der netteste Kerl in der ganzen Szene ist? DJ Bobo! Wir hatten vor Jahren mal ein Frühstück mit ihm bei uns im Funkhaus verlost. Zehn Hörer saßen tags drauf bei uns in der Kantine und warteten auf ihren Star, als plötzlich mein Handy klingelte. „Bobo hier." Ich fragte: „Wo steckst du?" Und er antwortete ganz zerknirscht: „In München! Mist, mein Flieger geht nicht. Sind die Hörer schon da?"

Und ob die da waren, zum Teil extra von sonst woher angereist, um ihren Lieblingskünstler zu treffen – und nun das. Aber DJ Bobo lässt solche Sachen nicht auf sich sitzen. Alle Gewinner aus dem Funkhaus wurden kurzerhand zum Konzert am nächsten Abend eingeladen, mit Backstage-Führung, Büfett und natürlich einem persönlichen Treffen. Und das Frühstück bei uns im Sender soll auch ohne DJ Bobo ganz lecker gewesen sein …

Einmal hatten wir Moderatoren vor der R.SH-Gold-Show übrigens eine gemeinsame Umkleide mit DJ Bobo und seinen Tänzern. Die brauchten ordentlich Platz, um ihre Performance noch einmal durchzugehen, und wir mussten auch noch üben für unsere kleine Showeinlage. Meine Güte, war das peinlich. Erst trainierte Bobo mit seinen Leuten: Salto hier, Flickflack dort, rauf und runter, jeder Schritt saß. Dann kamen wir: stolpern nach links, stolpern nach rechts, nichts funktionierte. Bobo hatte uns bei den Proben zugeschaut und uns fröhlich zugerufen: „Sieht gut aus. Ihr packt das." Gut flunkern kann er also auch.

Extrem entspannt und tierisch lustig war es auch vor ein paar Jahren mit Dieter Bohlen und Thomas Anders. Beide hatten gerade ihr Comeback als Modern Talking angekündigt und kurz zuvor dem Musiksender VIVA ein Interview gegeben, aber das war irgendwie nicht so, wie die zwei es sich vorgestellt hatten. Also rief das Management bei uns an und fragte, ob nicht einer von uns das Interview fürs Fernsehen wiederholen könnte.

Tags drauf fuhr ich nach Hamburg zum Termin, Miriam, meine Frau und damals wie heute zugleich Redakteurin für den Frühstücksclub, begleitete mich. Ich interviewte die zwei in einem Privatjet, in einer Stretchlimousine und in einem Hotel. Dort ging das Ganze morgens gleich mit einem Zwischenfall los, als mitten in der Aufnahme ein freundlicher Hotelpage mit den Worten hereinplatzte: „Entschuldigen Sie, Herr Bohlen, aber ist das Ihr Fahrzeug direkt vor unserer Tiefgarageneinfahrt?"

Dieter Bohlen lachte und sagte: „Natürlich, wessen denn sonst? Hast du 'ne Beule reingefahren?"

Der Hotelmensch lief knallrot an. „Selbstverständlich nicht, es ist nur so, dass kein Fahrzeug rein- oder rausfahren kann. Dürfte ich Sie vielleicht bitten …", weiter kam er nicht. Dieter Bohlen warf ihm den Schlüssel zu und sagte: „Hier, kannst die Karre um die Ecke stellen. Aber nicht erst 'ne Runde durch Hamburg drehen und Mädels anquatschen, hörst du?"

In der Hotelsuite ging es weiter, als Dieter plötzlich Hunger bekam. Er orderte ein Filetsteak, „aber lecker gebraten".

Der Kellner fragte verwirrt nach: „Gab es bei uns einmal ein Problem mit einem Steak?"

„Nö, das nicht. Wollte nur schon mal vorher Bescheid sagen."

Später hatte er das Fleisch bis auf den letzten Rest verdrückt und der Kellner räumte die Teller ab. „Und? War das Steak so, wie Sie es gewünscht hatten?"

Dieter Bohlen antwortete: „Keine Ahnung. Ich kann überhaupt nichts schmecken. Erkältung!" Und dann schnäuzte er in sein Taschentuch.

Später, als wir den Teil in der Stretchlimo drehten, suchte er schließlich jemanden, der sein Auto hinter uns herfahren könne. („Sonst muss ich wieder ganz zurück und die Karre abholen.") Er zeigte auf Miri. „Du, mach du das doch." Miri entgeistert: „Im Leben nicht. Das traue ich mich nicht. Mit so einem Auto fahre ich nicht durch Hamburg. Nachher passiert noch was damit."

„Und wenn schon. Ist nur ein Auto. Und sooo teuer ist die Karre nun auch nicht. Und gut versichert." Miri ist den Wagen übrigens nicht gefahren und am Ende mussten wir einen zweiten Fahrer besorgen. Dieter begriff die Welt nicht mehr. „Da kann das junge Ding mal so'n tolles Auto fahren und dann will sie nicht! Verstehe einer die Frauen."

Nachdem diese Geschichte im Fernsehen gezeigt wurde, hatte eine Hörerin übrigens einen Brief an R.SH geschrieben, worin stand: „Hab' ich das richtig gesehen?? Trägt Köthi einen Ehering? Hat er etwa geheiratet? Finde ich ja toll, aber warum denn so heimlich???" Nun ja …

RINDERBRATEN, SCHWEINEBRATEN, LEIPZIGER ALLERLEI ODER „HOCHZEITSREISE" ZU DRITT

„Und so frage ich dich. Willst du die hier anwesende …" 1975. In der Kirche flossen Tränen der Rührung. Trauung im (weit entfernten) Verwandtschaftskreis der Köthes. Es wäre eine schöne Hochzeit gewesen, hätte nicht hinterher eine Feier stattgefunden. Ich habe mitgezählt: Es müssen insgesamt 15 mir größtenteils unbekannte Onkel und Tanten, missratene Groß-Neffen und zickige Cousinen gewesen sein, die mich allesamt mit den Worten empfingen: „Bist du immer noch nicht gewachsen?"

Dann kam auch schon Tante Emmi mit ihrem allseits gefürchteten selbstverfassten Hochzeitsgedicht. Es kam auch hier, wie es kommen musste: Sie holperte in Sachen Versform so gnadenlos vom Jambus in den Daktylus und schließlich in den Trochäus, dass der warme Spumante in den Gläsern zu sprudeln aufhörte. Ähnlich muss es früher meiner Gitarrenlehrerin in den Ohren geklungen haben, wenn ich statt des gewünschten C-Dur-Griffs aus Versehen bei h-Moll landete.

Dann kam das Essen. Die Speisefolge stand bereits vorher fest: Es gab Hühnersuppe, danach Rinder- und Schweinebraten mit Leipziger Allerlei, wahlweise mit Kartoffeln oder Kroketten, hinterher Fürst-Pückler-Eis. Wieso ich mich daran so genau erinnere? Weil es diese Gerichte in exakt der Reihenfolge bereits bei vier Konfirmationen, drei Hochzeiten und drei Beerdigungen im Familienkreis gegeben hatte. Ich wage zu behaupten, dass unser Menü noch heute in der örtlichen Gastronomie-Szene als „Köthe classic“ bekannt ist.

Zeit für das Eis zum Nachtisch blieb übrigens nicht mehr. Die örtliche Hammond-orgel-Legende (Showname: Der fröhliche Kuno, Showmotto: Stimmung. Frohsinn. Gute Laune.) hatte mit einigen schrägen Tönen bereits zur ersten Polonaise aufgefordert. Abhauen ging nicht, denn meine resolute Tante Uschi (eine Großcousine meines Schwippschwagers zweiten Grades, oder so) hatte mich im Vorbeigehen mit einem Klammergriff von meinem Stuhl gehoben. Tante Uschi muss früher Kugelstoßerin gewesen sein.

Wenigstens dauerte die Polonaise nicht lange: Onkel Hubert hatte bereits ans Glas geklopft, um eine zentimeterdicke Hochzeitszeitung zum Besten zu geben. Und wieder: Jambus, Daktylus, Trochäus. Ein Entkommen gab's auch hier nicht, weil Onkel Huberts Ehefrau den Gang zum Herrenklo blockierte. In der Polizei-Sprache heißt das: Der Fluchtweg war verstellt.

Eins muss man noch wissen, wenn man zu einer Hochzeit eingeladen wird: Es gibt keine schönen Bräute. Jedenfalls nicht, wenn es nach den übrigen Damen der Hochzeitsgesellschaft geht. Spätestens eine halbe Stunde nach einem gejauchzten „Du siehst bezaubernd aus, meine Liebe“ wird an der Sektbar mörderisch über die Frischvermählte abgelästert: „Wie kann die sich bei dem Hintern in so ein Kleid zwängen?“

Wahrscheinlich verstehen Sie nun, warum Miriam und ich ganz still und leise geheiratet haben. Uns war in Sachen Hochzeit nicht nach einer großen Party, wir wollten einen Tag für uns und unsere Familien. Niemand bei R.SH wusste von unserem Vorhaben. An einem Freitag war in Husum – dorthin waren wir extra ausgewichen – die standesamtliche Trauung, am Montag sind wir wieder ganz normal zur Arbeit gefahren.

Ursprünglich hatten wir schon ein paar Monate zuvor heiraten wollen, aber irgendwie kam immer was dazwischen. Das Problem war nur: Die Hochzeitsreise hatten wir schon gebucht, und die abzusagen, wäre schwierig geworden. Es sollte in die USA gehen, nach New York, nach Florida und nach San Francisco. Aber, was soll's? Dann würden wir eben erst in die Flitterwochen fliegen und danach fröhlich heiraten.

Etwa im Spätsommer 95 hatten wir unsere Tour bei Nici Breda in ihrem kleinen Reisebüro gebucht und im Sender ganz normal unseren Urlaub eingereicht. Parallel dazu gab es bei R.SH aber die ersten Planungen für eine der größten Gewinnaktionen aller Zeiten: Mit 100 Hörern sollte es nach Las Vegas gehen. Der Termin für diesen Trip mit den Gewinnern war direkt anschließend an unsere Reise.

Eines Tages wurde ich zur Chefredakteurin gerufen. „Mir gefällt das nicht, dass du drei Wochen lang nicht da bist. Noch dazu direkt vor der Las-Vegas-Tour. In dieser Zeit sollen alle auf diese Reise hinarbeiten."

„Und was soll ich tun? Meinen gebuchten Urlaub absagen, oder was?"

„Ich hab' eine andere Idee. Wie wäre es, wenn ihr beiden unsere Satelliten-Schüssel mitnehmt und euch jeden Tag aus den USA meldet? So nach dem Motto: Carsten Köthe ist schon da und bereitet alles vor. Und am Ende trefft ihr dann auf unsere Gewinner-Gruppe. Was sagst du?"

Ich sagte erst mal gar nichts. Den Vorschlag, im Urlaub kleine Geschichten nach Schleswig-Holstein zu liefern, fand ich klasse. Was aber gar nicht ging, war der Gedanke an die technische Gerätschaft. Das war keine Satelliten-Anlage, das war ein tragbares Kernkraftwerk!

Dieses Ungetüm bestand aus zwei Koffern mit Stahlummantelung; der eine Koffer etwa 40 Kilo schwer, der andere schätzungsweise 20 Kilo. Selbst wenn ich dem Plan der Chefredakteurin zugestimmt hätte, die Ausführung wäre in dem Moment gescheitert, in dem ich diesen Technik-Koloss das erste Mal hätte anheben müssen. „Undenkbar. Ehrlich. Kommt nicht in Frage. Unter keinen Umständen." Ich suchte nach allen Verneinungen dieser Welt.

Am nächsten Tag sollte ich wieder antreten. „Hast du noch mal 'ne Nacht drüber geschlafen?"

„Hab' ich, die Antwort ist nein. Es geht einfach nicht. Und ich will es auch nicht. Es ist unser Urlaub. Ich hab' genug damit zu tun, zwei schwere Koffer zu schleppen. Also, vergiss es."

„Ich hätte da möglicherweise noch eine andere Idee. Was würdest du davon halten, wenn jemand mit euch mitkommt?"

„In unsere Ferien, oder was?"

„Genau. Derjenige wäre die ganze Zeit bei euch, würde sich um alles kümmern, die Sat-Anlage schleppen. Du müsstest nur hin und wieder ein wenig moderieren. Carsten Köthe meldet sich aus den USA! Hammer! Und? Wie findest du es?"

Ich schnappte nach Luft. Wenn das Ganze nur ein Gag sein sollte, blieb sie in diesem Moment ganz schön ernst. „Ist ein Witz, oder?"

„Ist mein voller Ernst. Du kannst dir aussuchen, wer von den Kollegen euch begleiten soll." So kam es schließlich, dass ich meinen Kumpel Mirko Kaminski, der damals viele Jahre Autopilot im Frühstücksclub war, einen Tag später zur Seite nahm. „Kannst du dir vorstellen, mit Miri und mir Urlaub zu machen?"

Er: „Alter, hast du getrunken?"

Und dann erklärte ich ihm die gesamte Situation. Mirko überlegte noch, da zu Hause eigentlich sein Umzug anstand und seine Freundin wahrscheinlich nur wenig Lust hatte, die Kisten und Kartons alleine zu schleppen. Abends hatte er sie überzeugt und am nächsten Morgen sagte er zu.

Ich ging also am Vormittag drauf zu Nici in unser Stamm-Reisebüro und fragte: „Du erinnerst dich an die Reise, die du für Miri und mich gebucht hast?"

„Natürlich. Ist was nicht in Ordnung?"

„Doch, alles tipptopp, nur – wir brauchen die komplette Reise noch einmal. Flüge, Hotels, alles noch einmal obendrauf."

„Köthi! Es ist 11.00 Uhr. Hast du getrunken?" Komisch, da war die Frage schon wieder.

Ein paar Wochen später düsten wir gemeinsam los. Mit diesem Riesenteil von Sat-Anlage und jeder Menge Problemen bei den Sicherheitsbehörden. Überall mussten wir stundenlang warten, weil niemand in Amerika begreifen wollte, dass hier allen Ernstes die Mitarbeiter eines kleinen privaten Radiosenders in friedlicher Absicht unterwegs waren, um ein paar witzige Storys nach Schleswig-Holstein zu übertragen.

Am Ende hat, vor allem dank Mirkos Tatkraft, immer alles geklappt. Wir haben von Hoteldächern in New York gesendet, aus den Disney-Studios in Florida und von der Golden Gate Bridge in San Francisco.

Und dann stießen wir am Ende in Las Vegas auf unsere R.SH-Reisegruppe, die wenige Stunden zuvor in der Glücksstadt angekommen war. Eine ganze, gemeinsame Woche hatten wir vor uns: Las Vegas, der Grand Canyon, der Hoover-Staudamm und natürlich der Besuch bei Siegfried und Roy. Nach der Show durften wir sogar noch im Saal sitzen bleiben und die beiden Stars nahmen sich Zeit, um mit uns zu plaudern.

An einem Morgen war ich bei einem der zahlreichen Sender in Las Vegas eingeladen und durfte die Morning-Show mitmoderieren. Unser Funkhaus in Kiel mit seinen paar hundert Quadratmetern und den vier Sendestudios kam mir schon manchmal klein vor, das „Funkhaus" hier war mehr oder weniger eine Zwei-Zimmer-Wohnung, ein Raum war die Redaktion, der andere Raum war das Sendestudio. Mehr brauchte man hier nicht, um cooles Radio zu machen.

Eine andere Tour verlief übrigens problematischer: Mit einem ganzen Bus voller Hörer ging es vor Jahren nach Prag zum Konzert von Michael Jackson. Es begann schon auf dem Funkhausparkplatz, als alle Gewinner bereits im Bus saßen und der Fahrer mich fragte: „Wie komme ich am besten nach Prag?" Ich dachte, der Typ macht Witze, aber nachdem er sich in den ersten beiden Stunden der Fahrt schon dreimal verfahren hatte, wurde ich doch unruhig.

Die Tour verlief chaotisch. Endlich in Prag angekommen, wollte der Fahrer unbedingt unter einer Brücke durch, um auf die andere Seite der Moldau zu gelangen. Zwei Hörer mit Augenmaß sagten noch: „Junge, wenn das man was wird …" Rumms – da saßen wir auch schon fest.

Der nächste Schock kam, als wir unser gebuchtes Hotel erblickten. Die angekündigte Vier-Sterne-Unterkunft erwies sich als Hotelboot, das am Flussufer vor sich hindümpelte und in dessen kleinen Kabinen dringend mal hätte gelüftet werden müssen. Ich kam aus dem Entschuldigen gar nicht mehr raus, aber R.SH-Gewinner sind irgendwie immer fröhlich. „Beruhige dich, Carsten, alles wird gut." Diesen Satz habe ich in diesen Tagen oft gehört.

Das Jacko-Konzert war übrigens spitze. Über 120.000 Menschen waren nach Prag gekommen, um den King of Pop zu sehen. Ich habe ihn mehr gehört als gesehen. Typen meiner Größe sind für solche Events nur bedingt geeignet. Ein Erlebnis war es trotzdem und außerdem hatten wir ja schon kurze Zeit später die Chance, den King of Pop erneut zu erleben: Jacko kam auf das Nordmarksportfeld in Kiel, präsentiert von R.SH. Dieses Mal mussten wir also keine große Tour unternehmen. Apropos „große Tour" …

EISGEKÜHLTER BOMMERLUNDER ODER STIMMUNG GUT – STIMME WEG

1977. Mutti und Papi nahmen mich noch einmal in den Arm („Mach's gut, Junge!“) und steckten mir zwei „Capri-Sonne Orange“ und ein Mettwurstbrot in den Rucksack. Oma hatte extra meinetwegen angerufen („Komm gesund wieder.“) und selbst meine Schwester fand rührende Worte der Herzlichkeit zum Abschied („Endlich bin ich dich mal ein paar Tage los.“). Nein, ich hatte mich nicht für eine Himalaya-Expedition angemeldet, ich sollte nur fünf Tage auf Klassenfahrt fahren. Nach Goslar, in die pulsierende Metropole im schönen Harz.

Genau 90 Mark hatte der Spaß damals gekostet. „Das ist viel, viel Geld“, wurde ich noch von Mutti und Papi ermahnt, den Harz-Trip auch ja zu genießen. Heute soll es Eltern geben, die ihr mühsam erspartes Einfamilienhaus verticken müssen, um den Kindern die vom Lehrer vorgeschlagene Klassenfahrt in die Südsee finanzieren zu können.

War der Abschied von zu Hause schon herzlich, die Ankunft in Goslar war es noch mehr: Begrüßt wurden wir vom Jugendherbergsvater, einem furchterregenden Zwei-Meter-Koloss mit blauem Kittel und Cordhut, der unmissverständlich drohte, jeden Jungen „durch den Wolf zu drehen", der sich dem Mädchentrakt auch nur auf mehr als drei Meter näherte.

Ansonsten war der Harz gar nicht so übel: Wir haben gemeinsam musiziert („Eisgekühlter Bommerlunder, Bommerlunder eisgekühlt…"), mathematische Rätsel gelöst (Wie viel Kubikmeter Wasser passen in ein handelsübliches Kondom?) und biologische Fragen geklärt (Funktioniert ein Zungenkuss auch, wenn das Mädchen eine Zahnspange trägt?).

Letzteres habe ich damals ausprobiert: Einen ganzen Abend lang durfte ich mit Uschi knutschen. Ging übrigens ganz gut – also, fand ich jedenfalls. Sie offenbar weniger, denn am nächsten Tag war sie schon mit dem besten Fußballer aus unserer Klasse zusammen. Um ehrlich zu sein, kein Wunder: Er war der Einzige von uns Jungs, der sich schon jeden Morgen rasieren musste. Und damit lag er in Sachen Coolness ganz weit vorne.

Bei mir würde sicher auch bald der Bartwuchs einsetzen. Vorsichtshalber hatte ich zwei Dosen Rasierschaum (für fünf Tage Klassenfahrt, sicher ist sicher!) eingesteckt. Nur gut, dass auch in Goslar kein Barthaar zu erkennen war, so konnten wir beide Dosen dazu verwenden, jeden Abend die Türdrücker der Mädchen-Dusche einzuschmieren.

Alle fanden es lustig, nur unser Klassenstreber nicht. Zur Strafe haben wir Mitschüler ihn auf der Zug-Rückfahrt ins Lehrer-Abteil geschickt. Da wurde über Lessings „Emilia Galotti" debattiert, während wir ein paar Abteile weiter von Bodo Schott (er war schon zweimal sitzen geblieben) in die heilige Kunst des Zigarettendrehens eingewiesen wurden.

Und dann war ich auch schon wieder zu Hause und wurde einem unerbittlichen, elterlichen Verhör unterzogen: „Wie war es denn?", wollte Mutti wissen. „Hat das Mettwurstbrot geschmeckt?" Ach ja, das Mettwurstbrot. „Das muss noch unten im Rucksack sein…"

Ja, das war Goslar 1977. Ich dachte damals, das sei bestimmt der verrückteste Trip meines Lebens gewesen. Na ja…

Ich gehöre zu den wenigen Schleswig-Holsteinern, die „Sowohl-als-auch-Fans“ sind: Ich mag den THW Kiel und ich mag die SG Flensburg-Handewitt. Ich mag den VfB Lübeck und ich mag Holstein Kiel.

Mit der SG verbinde ich natürlich meine Anfangszeiten im Radio, die kleine Halle in Handewitt, die tolle Atmosphäre und die klasse Busfahrten zu den Auswärtstouren.

Aber genauso gerne bin ich zum THW gegangen. Ich bewunderte Spieler wie Magnus „Max“ Wislander oder Staffan Olsson und war mit vielen Handballern zu der Zeit befreundet. Irgendwann am Ende der Saison 1998 war ich auf einer Veranstaltung, zu der auch das gesamte THW-Team eingeladen war. Ich saß neben Max Wislander, als der zu vorgerückter Stunde zu mir sagte: „Kennst du eigentlich Göteborg?“

„Nö. Bin ich noch nie gewesen.“

Max rief: „Dann musst du Göteborg kennen lernen. Übermorgen startet unsere Saison-Abschlussfahrt mit der Stena Line, nur die Mannschaft und unsere beiden Betreuer sind mit dabei. Und du! Du sollst mit! Oder hast du keine Lust?“

Natürlich hatte ich Lust, aber ich war mir ziemlich sicher, dass das mit der Tour nicht klappen würde. Das Hauptproblem war, wie ich so kurzfristig Urlaub bekommen sollte. „Hübsche Idee, Max“, sagte ich, „aber mal eben zwei Tage frei – das geht bei uns nicht so einfach.“

Max sah sich um. „Ist dein Chef auch hier?“

Ich: „Der sitzt dort hinten.“

Daraufhin stand Max Wislander auf, trommelte die gesamte Mannschaft zusammen, alle Spieler scharten sich schließlich am Nachbartisch um meinen Boss und überbrachten ihre Forderung: „Wir wollen, dass Carsten mitdarf."

Zwei Tage später war ich mit an Bord.

Es waren großartige Tage. Was wir erlebt haben, bleibt selbstverständlich geheim. Nur so viel: Schwedische Handballer sind in ihrer Heimat Volkshelden, vom Promi-Status her vergleichbar mit Leuten wie Franz Beckenbauer oder Boris Becker. Aber in Schweden ist eben alles viel normaler: Jeder erkannte uns, jeder begrüßte uns, jeder Lokalwirt lud uns ein und wollte am Ende alles – nur kein Geld. So verlief die Stadtführung von Max etwas anders als geplant. Wir starteten auf der Avenyn, der legendären Flaniermeile Göteborgs, in einer Kneipe oben links und abends waren wir in der letzten Kneipe unten rechts angekommen. Und dann wartete auch schon wieder die Stena auf uns…

Am nächsten Morgen erreichte das Schiff Kiel, gefühlt hatten wir etwa eine halbe Stunde geschlafen. Es war 9.00 Uhr morgens, als das Schiff anlegte. Viele Spielerfrauen waren gekommen, um ihre Männer in Empfang zu nehmen. Miri war mitten unter ihnen und wartete auf mich. Alle Spieler kamen nach und nach von Bord, ich war noch nicht dabei. Die letzten beiden Frauen am Kai waren Miri und Sylvia Menzel. Sylvia wartete auf ihren Mann Michael, Rechtsaußen vom THW, wir hatten gemeinsam eine Kabine bezogen.

Irgendwann, es muss wohl schon so gegen 9.30 Uhr gewesen sein – das Reinigungspersonal war jedenfalls schon an Bord gegangen –, hörten die beiden Mädels dann unsere Stimmen. Und sie hörten, wie ein Ball immer auf dem Boden auftippte.

Micha und ich kamen mit leichter Verspätung und leichter „Schlagseite" von Bord. Wir hatten, obwohl wir nicht die Letzten im Bett waren (!), schlicht den Anlege-Zeitpunkt verpennt.

Es war einer der seltenen 28-Grad-und-kein-Wölkchen-am-Himmel-Sommertage, nur ich habe davon nichts mitbekommen. Miri hat mich zu Hause aufs Sofa gepackt, die Jalousien zugezogen und mir etwas zum Kühlen für meine Schläfen gebracht, abends sollte ich nämlich die große THW-Meistersause moderieren. Nur daran war überhaupt nicht zu denken, ich war bös wackelig auf den Beinen und meine Stimme hatte ich auch unterwegs verloren.

Um 19.00 Uhr hatte Miri mich einigermaßen wiederhergestellt. Im Anzug ging es zur großen Gala. Um 20.00 Uhr stand ich auf der Bühne und begann meine Moderation: „Guten … krächz, hüstel … Abend … keuch …“ Es klang furchtbar. Und obendrein wusste natürlich jeder, woher es kam: von der Feierei der letzten 48 Stunden! Also half nur die Flucht nach vorne. „Wie Sie wissen, waren die Mannschaft und ich in Göteborg. Dort haben wir zahlreiche Museen besichtigt. War auch schön, aber diese Klimaanlagen machen einen fertig …“ Na ja, dann gab's natürlich ordentlich Gelächter im Saal.

Dabei fiel mir übrigens ein, dass ich das letzte Mal so geklungen hatte, als ich zur Bundeswehr-Musterung musste. Damals hatte ich absichtlich irgendeine Bronchien-Geschichte vorgetäuscht. Hatte aber nichts geholfen.

TAUGLICH ODER DAS TOR DES LEBENS

Über dem zackigen Mann von der Musterungskommission hing das Bild des damaligen Bundespräsidenten Richard von Weizsäcker und ein paar Sekunden lang schien es mir, als würde Richie hämisch grinsen. „Gute Nachrichten, Herr Köthe, Sie sind tauglich", flötete der Herr vom Kreiswehrersatzamt und erwartete hoffentlich nicht, dass ich ihm vor Glückseligkeit 'nen Knutschfleck auf die Stirn setzte. Tauglich. Auch das noch. Meine Freunde (keiner unter 1,80 Meter, alle kerngesund) hatten sich schön verdrückt („der Rücken, das Knie, die Schultern") und ich 1,70-Meter-Erdnuckel sollte künftig dafür Sorge tragen, dass der militärische Feind dort blieb, wo er hingehörte.

Dabei hatte ich mir bei der Musterung alle Mühe gegeben, alt, krank und gebrechlich zu wirken. Leider war nicht nur ich auf diese Idee gekommen. Da waren mit mir noch 30 andere junge Männer, Leistungssportler, Bodybuilder, Modellathleten und sonstige Heroen, die plötzlich den Eindruck machten, als hätte ihr letztes Stündlein quasi schon geschlagen.

Ein Typ neben mir (in original Feinripp-Unterhose und ärmellosem Unterhemd) hatte allerdings echte Probleme: „Hoffentlich ist bald der Urintest, ich war seit drei Tagen nicht auf'm Klo", sagte er. Schließlich durfte der arme Kerl loslegen und war sichtlich überrascht über das kleine Becherchen, das es vollzumachen galt. Wahrscheinlich hatte ihm irgendein musterungserprobter Freund gesteckt, dass man da einen Drei-Liter-Eimer füllen muss. Später habe ich erfahren, dass der Bengel etwas aus seinem bis zum Rand gefüllten Becher auf den gewienerten Linoleum-Boden verschüttet hatte. Zur Strafe wurde er gleich auf „T 1" gemustert. Das waren die Fittesten. Ab zur Kampfeinheit.

Für mich hieß es inzwischen: auf zum Hörtest. Danach war ich wochenlang halb taub. Ich hatte den Signalknopf erst gedrückt, als der Piepton mein Trommelfell bereits in seine Einzelteile zu zerlegen drohte. Beim Sehtest habe ich so auf blind gemacht, dass der Arzt sich echte Sorgen machte („Passen Sie auf, dass Sie nicht gegen die Tür laufen!") und schließlich drauf und dran war, meinen Führerschein einzubehalten.

Schließlich hieß es: „Hosen runter", und das ausgerechnet, als zwei Nachwuchs-Ärztinnen im Zimmer waren, die mein vernehmliches Räuspern dezent überhörten. Den geringschätzigen Blicken der beiden konnte ich indes entnehmen, dass ich nicht der erste nackte Mann ihres Lebens war. Beim „Husten Sie mal" mühte ich mich schließlich noch redlich, einen mittleren TBC-Anfall vorzugaukeln – alles vergebens.

Erst ein paar Jahre später, nach meiner Lehre, musste ich los. Mein intensiver Kontakt zu den Bundeswehr-Ärzten blieb natürlich bestehen. Wochen später gab's nämlich den ersten Geländemarsch. Für alle, nur für mich nicht. Mit „akuten Nierenschmerzen" hatte ich mich abgemeldet und wurde zum ersten Mal in meinem Leben an einen Urologen (!!!) überwiesen.

Die Behandlung dauerte eine Stunde. Danach habe ich erst mal nicht wieder krank gespielt und stattdessen aktiv meinen Dienst versehen. Ich habe später sogar am 5.000-Meter-Lauf teilgenommen. 5.000 Meter, das kam mir damals tierisch lang vor…

42,18 Kilometer. In Hamburg war Marathon angesagt und ich war vom Chef als Reporter ausgewählt worden. Nur, wie sollte ich einen Marathonlauf kommentieren? Ich konnte ja schlecht nebenherlaufen und berichten.

Musste ich auch nicht. Mir wurde ein Bäckerfahrrad besorgt. Es sah aus wie ein normales Fahrrad, hatte aber vorne eine etwa 50 mal 50 Zentimeter breite Ablage, auf der wohl normalerweise die Brötchenkörbe transportiert wurden. Diese Fläche sollte nun mein Reporterplatz sein. Die athletischsten Kollegen aus dem Funkhaus sollten mich fahren und ich würde mich per C-Netz-Telefon (das war inzwischen in einer Art Aktenkoffer untergebracht) von der Strecke melden.

So düsten wir also los. Mein Kumpel Ludger radelte mich die ersten 20 Kilometer über die Strecke, danach übernahm mein Freund Theo den Lenker. Ich saß im Schneidersitz auf meiner Sitzfläche, hatte den Telefonkoffer im Rücken und kommentierte, was das Zeug hielt. Mal waren wir mit der Spitzengruppe unterwegs und bewunderten die schnellen Männer aus Äthiopien, dann ließen wir uns wieder zurückfallen und kümmerten uns um die Läufer aus Schleswig-Holstein. Hin und wieder sprang uns ein diensteifriger Streckenposten direkt vors Rad, weil er dachte, wir hätten uns ohne Erlaubnis auf die Strecke geschlichen. Aber wir hatten einen großen Durchfahrt-Schein ständig griffbereit, so dass sie Helfer im letzten Moment immer noch zur Seite hüpften.

Die Stimmung war sensationell. Ein Jahr zuvor war ein Kollege von uns beim Marathon mitgelaufen (auf dem Sender hatten wir nach Cheerleadern gesucht und natürlich welche gefunden) und von dem tollen Publikum berichtet. Jetzt wussten wir, was er meinte. Vor allem ab Kilometer 35 wurde es gigantisch. Viele Läufer blieben mit Schmerzen stehen und wollten das Rennen abbrechen, und dass, obwohl nur noch sieben Kilometer zu absolvieren waren. Die Zuschauer hatten riesige Listen mit allen Starternamen dabei, schnell wurde der Name des erschöpften Läufers ausfindig gemacht und dann wurde er auch schon angefeuert: „Los, Uwe! Du schaffst das! Nur noch ein paar Kilometer! Jetzt nicht schlapp machen." Woraufhin Uwe seine Waden massierte, sich langsam wieder in Bewegung setzte und schließlich eine Dreiviertelstunde später im Ziel ankam.

Und auch wir wurden gefeiert. Ein Fahrrad, noch dazu mit einem Reporter vorne drauf, das hatte es beim Marathon noch nicht gegeben. Das dicke Ende kam erst, als wir alle Läufer aus Schleswig-Holstein begeistert ins Ziel begleitet hatten und Theo das Fahrrad anhielt. „So, absteigen", sagte er.

Ging nicht!

„Willst du da sitzen bleiben? Nun steh schon auf." Theo wurde ungeduldig. Aber es half nichts, an Aufstehen war nicht zu denken. Nach fünf Stunden im Schneidersitz waren meine Beine taub. Eingeschlafen. Nicht mehr zu spüren. Durchblutung gleich null. Schließlich kamen zwei Streckenhelfer, nahmen mich unter den Arm und trugen mich unter dem Gelächter der Leute durchs Ziel. Na super, Köthe. Alle Marathonläufer konnten nach ihren 42 Kilometern auf und ab spazieren, nur der R.SH-Reporter musste getragen werden.

Wenn Sie jetzt aber denken: „Mensch, hat der Kerl denn sportlich gar nichts auf die Reihe bekommen?" Doch. Einmal. Im Januar 1989. Zum ersten Mal gab es in der Kieler Ostseehalle ein großes Hallenfußballturnier mit vielen Top-Mannschaften aus der Bundesliga. In der Pause des Turniers hatten wir unseren großen Auftritt: Das R.SH-Team spielte gegen eine Promi-Auswahl mit zahlreichen Ex-Profis: Felix Magath war dabei, Rudi Assauer, der legendäre Horst-Dieter Höttges und Ex-Nationaltorhüter Dieter Burdenski.

Natürlich hatten wir gegen diese Truppe nicht den Hauch einer Chance. Die meisten hatten zwar nach ihrer aktiven Zeit ein paar Kilos zugelegt, aber mit dem Ball konnten die Burschen immer noch ganz gut umgehen.

Schließlich, beim Stand von 0:5, geschah das Unfassbare: Ich bekam den Ball Höhe Mittelfeld, Rudi Assauer kam mir entgegen, machte aber einen Schritt zur Seite. An dem war ich schon mal vorbei. Dann kam Georg „Schorsch" Volkert, der viele Jahre für den HSV aktiv war. Er tat so, als hätten wir einen erbitterten Zweikampf, ließ mir aber den Ball. Nur noch zehn Meter bis zum Tor. Mein nächster Gegner: Felix Magath. Auch er hatte Mitleid. Er öffnete ein wenig die Beine und ließ sich von mir tunneln. Ich war auf dem Weg Richtung Tor – und zog ab. Rechts unten sollte der Ball ins Tor gehen, so war mein Plan. Wlodek Zemojtel im Kasten, damals Keeper bei Holstein Kiel, tauchte runter, um den Schuss abzuwehren, doch in all der Aufregung war mir der Ball voll über den Spann gerutscht. Und so trudelte das Leder, wie ich fand unendlich langsam, an ihm vorbei ins lange Eck. Sie glauben nicht, was in der Halle los war. Die Zuschauer johlten und einige behaupten noch heute, ich wäre fünf Minuten lang Ehrenrunden gelaufen. Und in den Kieler Nachrichten stand am nächsten Tag: „Dieser Treffer war der Höhepunkt in Carsten Köthes Sportlerleben." Genauso war es!

Andere Kollegen sind da zum Glück erfolgreicher gewesen. Mein Autopilot Nils Söhrens hat zum Beispiel mal ganz ordentlich Tennis gespielt. Nur zu Meisterehren hatte es nie gereicht, weil es im Kreis Dithmarschen immer einen Typen gab, der besser war als er: Dirk! Diese Geschichte hat Nils mal irgendwann morgens während der Sendung erzählt. Ohne Hintergedanken. Aber Katharina, die damalige Wetterexpertin, und ich haben sofort gesagt: „Heute würdest du ihn sicher schlagen." Nils versuchte, abzuwiegeln: „Nein. Würde ich nicht. Der ist bestimmt immer noch tierisch gut."

Aber wir hörten schon gar nicht mehr hin und riefen über den Sender: „Dirk, wenn du das jetzt hörst, wir fordern dich heraus. Melde dich, wenn du dich traust!"

Nils quakte immer noch: „Lasst das! Nicht ich fordere ihn heraus, ihr macht das gerade."

Wir waren nicht mehr zu stoppen: „Melde dich! Nils haut dich weg! Dieses Mal bist du fällig!"

Ein paar Minuten später klingelte das Telefon – Dirk war dran. „Nils will 'ne Revanche? Die kann er haben. Austragungsort ist Heide."

Und so starteten wir über Wochen hinweg unsere Aktion „Das Match in der Marsch", wohl wissend, dass es bei der Heider Landschaftsform eigentlich „Match in der Geest" hätte heißen müssen, aber Marsch klang einfach schöner. Wir begleiteten beide Sportler während ihrer Vorbereitungsphase, wir organisierten Trainer, wir buchten Spielmannszüge und wir verlosten Tickets für das „größte Spiel seit Boris Becker gegen John McEnroe".

Und wir gaben beiden Sportlern Kampfnamen: Dirk war „The dark devil" und Nils „The white shark".

Das Spiel fand in einer klasse Tennishalle statt, vor tollem Publikum und mit riesiger Stimmung. Nils' kleine Nichten hatten sogar gemalte T-Shirts an, worauf stand: „Onkel Nils, du schaffst das." Na ja, am Ende hat es dann doch nicht ganz gereicht, Nils verlor das Spiel mit 0:6 und 1:6. Klingt deutlich, aber ganz so deutlich war es gar nicht.

Und außerdem war es egal. Wir hatten einen Hammer-Nachmittag erlebt und wieder einmal gezeigt, wie Radio eigentlich funktioniert. Aus dem Nichts heraus eine Geschichte entdecken und dann das Beste draus machen. „Mit vollem Einsatz", hatte ich zu Nils gesagt. „So wie ich damals beim Bund." „Nee, ist klar", hatte er lachend erwidert. Ja, ein paar meiner Wehrdienst-Geschichten hatten sich anscheinend schon rumgesprochen …

MORGEN-GRAUEN IM MORGENGRAUEN ODER DER „BRINGER“ IN HÖCHSTER GEFAHR

Der Morgen war keine vier Stunden alt, da wusste ich schon: Carsten, das wird heute nicht dein Tag. Es war im knackig kalten Winter 85/86, ich schlummerte nichtsahnend im Bundeswehr-Bettchen und wurde mitten in der Nacht mit einem 15-sekündigen „Raaaaaaaaaaaauuuuuuuuuuuussssss-treeeeeeteeeeeeennnnn“ mitsamt meinen Kameraden höflich vor die Kompanie gebeten.

Die Stimme kannte ich. Sie gehörte meinem Oberfeldwebel, einem gefürchteten, äußerst agilen, 1,60 Meter großen Muskelberg (Kompaniespitzname: Kugelblitz) mit dem unaufdringlichen Charme eines Sklaventreibers aus dem Mittelalter. Er lud uns alle ein (!), an einer 36-Stunden-Übung teilzunehmen, die just in diesem Moment beginnen würde.

Was mir vor meiner Bundeswehrzeit verschwiegen wurde: Die 36-Stunden-Übung dauert tatsächlich 36 Stunden und findet vorwiegend im Freien statt. Auch im Winter. Und mit Gepäck. Ich weiß noch, wie es war, als mir mein 20 Kilogramm schwerer Rucksack auf den Rücken geschnallt wurde. Dieser ließ mich in Sekundenschnelle erst in die Knie sinken und direkt danach auf den Rücken fallen. So ähnlich muss es aussehen, wenn ein Maikäfer auf dem Rücken liegt.

Vielleicht war ich für den Verteidigungsfall doch nicht so geeignet wie gedacht … Deutliche Zweifel äußerte auch bereits der Bundeswehr-Doc in der Kompanie, als ich beim angeordneten Blutspenden mein Unterhemd auszog. Er runzelte die Stirn. „Was wiegen Sie?"

Ich: „49 Kilo."

Er: „Dann dürfen Sie nicht spenden! Unter 50 Kilo geht hier gar nix. Aber sagen Sie mal, was wollen die denn mit Ihnen hier beim Bund?"

Ich antwortete: „Da fragen Sie den Falschen." Na, wenigstens einer, mit dem man hier mal ein Wort wechseln konnte.

Ich bin also erst mal mit raus ins Gelände, aber als nach einem Sechstel der Übung meine ansonsten hoch gelobte Kampfbereitschaft auf den Nullpunkt gesunken war, fiel mir der mitleidvolle Blick des Doc wieder ein. Also, schnell 'ne Verletzung vorgetäuscht und ab in den Sanitäts-Bereich. Der nette Mann dort zögerte dann auch keine Sekunde, mich tatsächlich krankzuschreiben. Und jede Wette hatte er sofort geblickt, dass er einen ganz üblen Simulanten vor sich hatte.

Unsere Stube hat die 36-Stunden-Übung übrigens doch noch hinbekommen. Der Erste kam nach acht Stunden, der Zweite nach zehn, der Dritte nach zwölf Stunden. Macht mit meinen sechs Stunden draußen zusammen 36 (!) Stunden. Na bitte, geht doch.

Um von Ratzeburg nach Wentorf bei Hamburg in meine Kaserne zu gelangen, musste ich nachts oft um 4.00 Uhr aus den Federn. Nie, nie, nie, nie, nie hätte ich gedacht, dass ich mal mein Leben lang früh aufstehen würde. Was die Zeit des Weckerklingelns angeht, hätte ich auch Bäcker werden können …

… ja, oder Landwirt. Und genau das haben wir vor gar nicht allzu langer Zeit mal ausprobiert, eine ganze Woche lang. Im September 2009 starteten wir die Aktion „Der längste Frühstücksclub der Welt“. Die Idee kam vom Chef: Wir sollten doch tatsächlich von einem Bauernhof senden. Aus einem Stall! Landluft, Kuhmist und Ochsentouren inklusive.

Ich war skeptisch. „Leute, das wird doch nix.“ Erstens sollten wir von morgens bis abends durchsenden, was mir schon mal gar nicht behagte. Und schließlich machte ich mir Sorgen, dass wir dort ganz alleine sein würden. Wer von unseren Hörern würde schon kommen, nur um zu sehen, wie wir in Gummistiefeln und Latzhosen aus einem Stall sendeten.

An einem Sonntagabend reisten wir an und trafen zum ersten Mal unsere Gastgeber für eine Woche: Petra und Fiete Pahl aus Sorgwohld – mitten in Schleswig-Holstein. Er: Landwirt. Sie: hochschwanger und (Zitat Fiete) „die beste Ehefrau von allen“. Vor dem Hof stand ein aufgeklappter Bierpilz. „Ehe wir hier weiterschnacken, lass uns erst mal ’nen Lütten haben“, das waren die Begrüßungsworte von Fiete. Wahrscheinlich ahnen Sie schon: Die Sache mit dem „einen“ Schluck hat nicht so hingehauen. Nicht an diesem Abend und nicht an allen anderen. Unsere Woche auf dem Bauernhof war für uns alle ein absolutes Highlight in der R.SH-Geschichte. Wir übernachteten ein paar Kilometer entfernt in einem kleinen Gasthof. Morgens um 3.00 Uhr klingelten wie gewohnt die Wecker, Nils erwartete mich halbschlafend auf dem Flursofa, Katharina war schon draußen mit ihren Hunden. Dann ging es über dunkle, enge Feldwege nach Sorgwohld. In einem Stall hatten wir unser mobiles Studio eingerichtet, Petra hatte uns schon Kaffee gekocht und Brötchen geschmiert – und schätzungsweise 10.000 Fliegen erwarteten jeden Morgen unsere Ankunft.

Es war stockfinster. Morgens sendeten wir in dicken Pullis und Jacken. Doch irgendwann setzte das Morgengrauen ein, wir öffneten unsere

Stalltür und blickten über den Hof auf eine riesige Eiche, hinter der etwas später die Sonne aufgehen würde. Klingt romantisch, oder? War es auch! Sonst standen wir immer in unserem lütten 15-Quadratmeter-Studio mit dem kleinen Fenster, jetzt atmeten wir während der Sendung Landluft pur.

Und unsere Hörer kamen, um zu sehen, ob das wirklich sein konnte: Der Frühstücksclub live vom Hof. Täglich kamen mehr. Sie kamen nur auf einen Plausch vorbei, sie brachten Geschenke mit, sie freuten sich mit uns auf die Promi-Besuche. Hartmut Engler von PUR war da und sendete mit uns live aus dem Stall, Cassandra Steen stand abends auf unserer großen Bühne und gab ein Konzert und Konny Reimann, der Auswandererkönig von RTL, veranstaltete mit uns eine gigantische Grillparty. An diesem Abend waren etwa 2.000 Leute auf dem Hof, unter ihnen zum Glück Fietes Freunde von der Freiwilligen Feuerwehr. Die wollten eigentlich nur ein wenig mitfeiern und 'ne Grillwurst essen, aber als der Verkehr im gesamten Umkreis zum Erliegen gekommen war, flitzten die Männer pflichtbewusst los und versuchten zu retten, was noch zu retten war.

Und wir drei vom Frühstücksclub waren immer mittendrin. Wir sendeten von morgens um 5.00 Uhr bis abends um 18.00 Uhr. Fast durchgehend. Wenn mal einer mittendrin müde war, hat er sich rasch ein paar Augenblicke schlafen gelegt, kurz darauf ging es weiter. Eigentlich waren wir jeden Abend kaputt, aber wir waren auch so voller Adrenalin, dass an Ruhe nach Feierabend überhaupt nicht zu denken war. Unmittelbar nach der Sendung standen hunderte von Fans rund um den Bierwagen und wollten mit uns anstoßen. Wir haben es genossen und mitgefeiert, mal bis 22.00 Uhr, mal auch noch ein wenig länger … Am nächsten Morgen um 3.00 Uhr ging's trotzdem wieder raus aus den Federn und rein in die Gummistiefel.

Und wir mussten richtig ran: Trecker fahren, Stall ausmisten, Schafe scheren und melken. Einige Dinge konnten wir ganz gut, bei anderen sagte Fiete irgendwann entnervt: „So geit dat nich. Lot mi dat mal moken."

Nach dieser Woche haben Petra und Fiete uns ein großes Foto geschenkt. Es zeigt unseren morgendlichen Blick aus dem Stall Richtung große Eiche. Auch auf dem Foto geht natürlich gerade die Sonne auf. Das Foto hängt bei uns im Studio und immer wenn wir mal einen gebrauchten Tag erwischen, dann gucken wir auf das Bild und seufzen: „Ach, wisst ihr noch?“

Ein Zusammentreffen mit einem anderen Landwirt verlief da schon wesentlich ruppiger. Es ist noch gar nicht lange her, da war ich als „Bringer“ unterwegs. Jeden Morgen wurde aus unzähligen Bewerbungen ein Gewinner gezogen, dem ich 1.000 Euro überbringen durfte.

In diesem Fall war es ein junger Mann, der in seiner Mail geschrieben hatte, er arbeite auf einem Bauernhof. Nach der Sendung düsten wir los, mit einer kleinen Kamera für unsere R.SH-Videos und einer lieben Praktikantin, die uns während der Fahrt netterweise mit Unmengen Naschis versorgte.

Der Hof war schnell gefunden, doch kein Mensch weit und breit. Von der Straße führte ein kleiner Weg etwa 100 Meter zu den Stallgebäuden. Links waren Felder mit alten Traktoren, rechts kleinere Wohngebäude. Auf einem Klingelschild las ich den Namen des Gewinners. Wir waren also richtig. Ich klingelte, niemand meldete sich. Die Tür war nur angelehnt. Ich steckte meinen Kopf durch den Türspalt und rief in den Flur: „Hallo. Ist da jemand? Der ‚Bringer‘ ist hier mit 1.000 Euro.“ Keine Reaktion.

„Leute“, sagte ich zu meinem Team, „wir müssen da hinten zu den Ställen.“ Also sind wir weitermarschiert, Kamera und Mikro immer eingeschaltet, um den Moment, da der glückliche Gewinner uns entdeckt, auch ja nicht zu verpassen.

Wir waren fast bei den Ställen, als uns ein Landwirt entgegenkam. Etwa 70 Jahre alt, grüne Klamotten, Gummistiefel, grüne Kappe. Einer aus dem Bilderbuch. Allerdings hatte ich mir unseren Gewinner jünger vorgestellt. Egal! Ich riss mein Mikrofon hoch und rief: „Sie müssen Martin sein. Ich bin der ‚Bringer'! Was sagen Sie nun?"

„VERSCHWINDEN SIE VON MEINEM HOF! KAMERA AUS! MIKRO AUS!" Oha. In voller Lautstärke blökte mich der resolute Landwirt an. „WAS WOLLEN SIE HIER?"

Ich: „Aber ich bin doch der ‚Bringer'. Ich habe 1.000 Euro dabei, die sind für Martin. Sie sind doch Martin?"

„NEIN!!! UND JETZT VERSCHWINDEN SIE!!!" Der ältere Herr, so viel stand bereits fest, war nicht auf Besuch eingestellt und sein Puls bereits jetzt bei schätzungsweise 240 Schlägen. Ich sagte: „Aber wir wollen doch nichts Böses. Ich wollte nur Martin die 1.000 Euro bringen."

„SOWAS GIBT'S HIER NICHT! BASTA!"

Ich fürchtete die ganze Zeit, Hofhund Hasso könnte die Szenerie irgendwo um die Ecke verfolgen und nur auf ein Zeichen von Herrchen warten, um den ungebetenen Besuch vom Gelände zu jagen. Aber ich hatte ja das Geld in der Tasche. „Gut, wir verschwinden, aber dann müssen Sie Martin sagen, dass er nicht gewonnen hat."

Dieser Disput dauerte geschlagene fünf Minuten, der kampfbereite Landwirt und ich standen wie zwei Boxer vor dem Kampf Nase an Nase voreinander. Ich versuchte weiter, mein Anliegen zu erläutern: „Aber ich will doch nur …", weiter kam ich nicht, denn jetzt war er wieder dran, in voller Lautstärke: „SIE SABBELN UND SABBELN. WER HAT DENN HIER DAS SAGEN? SIE ODER ICH?"

Nun, am Ende war der Tag in dreifacher Hinsicht ein voller Erfolg. Erstens: Wir konnten Martin nach etlichen Schimpfkanonaden dann doch noch seine 1.000 Euro überbringen. (Ich tippe mal, es war die Tochter des resoluten Landwirts, die den Streit gehört hatte und daraufhin zu Martin aufs Feld geflitzt war, wahrscheinlich mit den Worten: „Du, der ‚Bringer' ist da, aber wenn du nicht schnell machst, jagt Papa ihn mit der Forke vom Hof…") Zweitens: Wir verließen den Hof ohne körperliche Schäden. Und drittens: Das Video unseres kleinen Zwischenfalls wurde zu einem der meistgeklickten in der Geschichte des Frühstücksclubs.

Und welches Video wurde sich am häufigsten angeschaut? Klare Sache: Das Video von dem Moment, als unsere neue Wetterexpertin Patricia 2010 zum ersten Mal zu uns ins Studio kam. Ihr Foto hatten wir vorher schon gesehen, aber wir waren uns sicher, dass uns jemand veräppeln wollte. „So 'ne Hübsche kriegen wir bestimmt nicht", hatten Nils und ich immer gesagt. Na ja, dann kam sie – und die R.SH-Website brach für drei Stunden komplett zusammen. Patricia alias Patty aus Stuttgart war in Kiel angekommen: dunkle, lange Haare, ein strahlendes Lächeln und verdammt enge Jeans. Was ich als Erstes zu ihr sagte, nachdem ich wieder was sagen konnte? „Die Hose erinnert mich schwer an meine Schwester."

MODETRENDS ODER WAAAACKÖÖÖÖÖÖÖÖN!

Es war morgens, kurz vor halb acht: Schwer nach Luft schnappend lag meine Schwester auf ihrem Flokati-Teppich. Gerade hatte sie sich in ihre Lieblingsjeans gezwängt, ein Unterfangen, das nur mit großer Konzentration und mittels einer speziellen Atemtechnik möglich war. Hierbei war zunächst die Liegeposition erforderlich. Dann musste für etwa 90 Sekunden die Luft angehalten werden. Anschließend wurde die Jeans ruckartig über die Hüften gezerrt und schließlich der Reißverschluss mit einer Sicherheitsnadel zugezogen. Das war anstrengend, zugegeben, aber immerhin kann sich meine Schwester heute noch damit brüsten, die engsten Jeans der gesamten Schule getragen zu haben.

Wir mussten früher regelrechte Jeans-Schlachten zu Hause ausfechten. Es ging schon los beim Kauf: Alleine beim Preis von 60 Mark jaulten meine Eltern auf, als müssten sie für die Anschaffung dieser Hose eine Hypothek auf ihr Häuschen aufnehmen. (Dabei war genug Geld da, um sich einen Rauf-und-runter-Kurbel-Wohnzimmertisch zuzulegen …) Zum Glück hatte Oma aus ihrer privaten Rentenkasse einen kleinen Zuschuss für die neue Hose beigesteuert. Dadurch entfiel wenigstens das lästige Zeitungenaustragen.

Allerdings durfte Oma nicht wissen, dass es sich bei der neuen Hose um eine Jeans handelte. („Djiiens", wie sie immer sagte, wahlweise auch „Nietenhose" oder „Cowboybüx".) „Warum nicht was Flottes aus Flanell oder Pepita, Junge?" Na ja …

War der Kauf getätigt, ging der Stress erst richtig los: Die Jeans mussten abgenäht werden. (Ich: „Enger, Mutti, sie muss noch enger.") Das Problem: Früher waren Jeans nicht stonewashed, sondern dunkelblau, circa einen Zentimeter dick und knallhart.

Gerne denke ich an den Versuch meiner Schwester zurück, ihre Jeans heimlich selbst abzunähen. Dabei hat sie erst zwölf Nähnadeln und schließlich die gesamte Nähmaschine meiner Mutter zerlegt. Natürlich habe ich nicht gepetzt. Als minimale Gegenleistung dafür hab' ich ihr die LP „K-tel Disco Rocket" abgeschwatzt. Geschwister müssen auch mal zusammenhalten.

Richtig spaßig wurde es allerdings erst, als die Mode nach Jeans verlangte, die unten am Bein ausgefranst sein mussten. Was tun, wenn die nagelneue Hose nun einmal nicht ausgefranst ist? Man nimmt Muttis Nagelschere und schnippelt und schnippelt und schnippelt … Elterliche Ohnmachtsanfälle gehörten bei uns zwar zur Tagesordnung, dennoch, diesmal mussten wir Mutti besonders lange Luft zufächern.

Schließlich kam sie doch wieder zu sich. Gerade noch rechtzeitig, um zu sehen, dass ich mir das gruselige Gesicht meines Lieblingssängers Alice Cooper auf meine Jeansjacke gemalt hatte. Auf meine neue Jeansjacke …

„Schoooooooool's out for summer … School's out forever!" Da stand er! 35 Jahre nach dem winzigen Jeansjacken-Vorfall erlebte ich Alice Cooper zum ersten Mal live, auf der Bühne in Wacken, beim größten, friedlichsten und tollsten Heavy-Metal-Festival der Welt.

Zwar gehöre ich zu denen, die sich aus Altersgründen eigentlich keine Festivals mehr geben, aber das Wacken Open Air (W:O:A) ist 'ne Ausnahme. Jahrelang hatten wir über die Metal-Fans berichtet, die Jahr für Jahr in das kleine Örtchen einfallen, aber selbst da gewesen war ich noch nie.

Miri war die Erste von uns aus dem Frühstücksclub, die sich vor ein paar Jahren auf nach Wacken machte. Direkt nachdem sie von ihrer Brustkrebserkrankung genesen war, hatte sie gesagt: „Jetzt mache ich erst mal ein paar Dinge, die ich immer schon mal machen wollte. Und ganz oben steht: das W:O:A." Morgens hatte sie sich bei uns im Frühstücksclub von dort gemeldet und so begeistert berichtet, dass Nils und ich noch am selben Tag losgefahren sind. Zum Glück hatten wir einen Fahrer, denn wir lernten schnell: W:O:A ohne Dosenbier ist wie Kieler Woche ohne Segelschiffe. Mann, war das der Hammer. Um uns herum waren nur Leute, die alle so aussahen, dass man bei einem privaten nächtlichen Treffen wahrscheinlich die Straßenseite gewechselt hätte. Aber, glauben Sie mir, einer war fröhlicher als der andere. Immer wieder wurden wir von Menschen, die seit drei Tagen nicht geduscht hatten, in den Arm genommen. Und immer wieder mussten wir Dosenbier trinken ...

Im Jahr drauf hatten wir uns etwas Besonderes ausgedacht. Wir wollten Wacken revolutionieren. Unsere Idee: Alexander „Baltzi" Baltz und ich würden direkt auf dem Gelände eine Prosecco-Bar aufmachen. Nie im Leben hätten wir gedacht, dass die W:O:A-Verantwortlichen uns diesen Spaß erlauben würden, aber die sind da so etwas von locker drauf, dass ein einziges Vorab-Gespräch genügte: „Dürfen wir?" „Klar dürft ihr." Leute, ihr seid klasse.

Um aufzufallen, hatten Baltzi und ich uns für weiße Jeans und rosa Polohemden (mit Kragen hochgestellt!) entschieden. Schließlich hieß unser Prosecco-Verkaufsmotto „Frische Farben, frische Getränke".

Falls Sie noch nie beim W:O:A waren: Sie können dort in Unterhose übers Gelände laufen – keiner guckt. Sie können als Mann ein enges

Cocktailkleid und hohe Schuhe anziehen – keiner guckt. Aber mit 'nem rosa Polohemd beim W:O:A sind Sie der Hingucker schlechthin. Bereits nach wenigen Sekunden waren wir umringt von Metal-Fans aus aller Welt, mit nackten Bäuchen, mit wildesten Tattoos und zotteligsten Haaren, die meisten schon von der Anstrengung der letzten Tage gezeichnet. Und alle tranken sie mit uns Prosecco! Richtig wie sich das gehört, mit Finger abgespreizt und einem fröhlichen „Stößchen".

Mit dieser Nummer haben wir es übrigens sogar in die „Welt am Sonntag" geschafft. Das war mir zuvor mit ein paar tausend Radio-Sendungen nicht gelungen. Aber mit 'nem rosa Polohemd in Wacken.

Ein Jahr später waren wir wieder am Start, dieses Mal mit einem mobilen Massagesalon. Unser Motto lautete (angelehnt an Horst Schlämmer, der immer sagte: „Ich hab' Rücken."): „Kein Nacken in Wacken". Wir hatten meinen Kumpel Kai, einen ausgebildeten Physiotherapeuten, engagiert, der die Wacken-Besucher (und Besucherinnen!) kostenlos massierte und die vom Headbanging lädierte Nacken-Muskulatur wieder auf Vordermann brachte. Zum Abschluss gab's Getränke nach Wahl: entweder Roibusch-Vanille-Tee oder Dosenbier. Den Tee haben wir unangetastet wieder mit nach Hause genommen … Dabei soll Roibusch-Vanille sehr beruhigend wirken. Wahrscheinlich haben meine Eltern das Zeug früher heimlich literweise getrunken. Mit meiner Schwester und mir war das Leben nämlich ganz schön nervenaufreibend.

„DU HAST GEWACKELT!“ ODER ALS DIE ZEHN-MARK-SCHEINE KNAPP WURDEN

Nun auch das noch: Spieleabend im Hause Köthe. Meine quengelige Schwester hatte darauf bestanden. Wäre unser Fernseher kaputt gewesen, hätte ich diese Maßnahme ja auch begriffen – nur, der Apparat war tadellos in Schuss.

Ein Spieleabend. Schon jetzt war klar, dass die fröhliche Familienrunde mit Hauen und Stechen enden würde. Das war bei den letzten 20 Monopoly-Runden auch so, warum sollte es diesmal anders sein? Meine Schwester würde sich wieder alle vier Bahnhöfe unter den Nagel reißen, während ich im Gefängnis (ohne über „Los“ zu gehen!) vor mich hinschmorte. Um auf Nummer sicher zu gehen, kündigte ich gleich an, das Spiel augenblicklich zu verlassen, wenn ich nicht die Parkstraße und die Schlossallee kriegen würde.

Früher war die Sache einfacher: Beim Mikado habe ich immer genau dann am Tischbein gerüttelt, wenn meine Schwester gerade am Zug war. Es folgte das traditionelle Köthe-Geschwister-Wortgefecht: „Du hast gewackelt.“ „Hab’ ich nicht.“ „Hast du doch.“ Dann kam Muttis Ermahnung: „Könnt ihr euch nicht einmal vertragen und spielen wie andere Kinder auch?“ Und schließlich gab es die normalen Schuldzuweisungen: „Er hat angefangen.“ „Sie hat angefangen.“ Dann war auch schon Schluss mit Spielen.

Simpel war auch die „Mensch ärgere Dich nicht“-Variante. Spätestens wenn meine Schwester alle meine Hütchen rausgeworfen hatte, habe ich das Spielbrett vom Tisch gefegt und einen Heulanfall vorgetäuscht. Dies geschah üblicherweise so lange, bis Mutti und Papi mich zum Sieger erklärten. Was tun Eltern nicht alles, um wieder ihre Ruhe zu haben.

Die Heul-Methode wirkte bei mehreren Spielen. Zum Beispiel, wenn ich bei dem beknackten „Spitz, paß auf!“ nicht schnell genug meine Blechdose über den öden Holz-Hund stülpen konnte. Oder beim „Angelspiel“, bei dem meine Schwester immer Goldbarren fischte und mir nur die Papp-Gummistiefel blieben.

Meine Pechsträhne hielt auch dann noch an, als die ersten Gewinnspiele im Radio liefen. Bei einer Hitparaden-Sendung hatte meine Schwester mal eine LP von Van Halen gewonnen. Ich heuchelte zustimmende Freude, aber innerlich kochte ich fast über: Wieso hatte die immer so ein Glück? Wieso nicht ich?

Das musste sich ändern! Man sollte nur eine Postkarte mit dem Lieblingshit der Woche abschicken. Hatte ich gemacht. Nun saß ich abends wie gebannt vor Papas Stereo-Anlage, als der Moderator den Gewinnernamen verlas: „Das Album von Suzi Quatro geht an Carsten Kö…“ Ich war bereits aufgesprungen. „An Carsten König aus Halstenbek.“

Damals schwor ich mir: Eines Tages mache ich auch mal Gewinnspiele im Radio. Und dann sollen alle gewinnen. Na ja, „alle“ sind es nicht geworden. Aber ich hatte viele Gewinner in den Jahren. Und viele spannende Momente.

Nichts ging mehr. Nicht bei den Banken, nicht in den Supermärkten, nicht an den Tankstellen! Nirgendwo! Zehn-Mark-Scheine waren vergriffen. Ich selbst war einmal Leidtragender, als ich in einer Drogerie stand und der Herr hinter der Kasse mich anraunzte: „Ich kann nicht rausgeben. Keine Zehner-Scheine mehr!"

Ich fragte verdutzt: „Wie kommt's?"

Er: „Wie wohl? Vielleicht liegt's an eurem neuen Spiel?"

Ich: „Ach ja."

Und er: „Die letzten fünf Scheine habe ich mir heute morgen selber gesichert. Mit denen spiele ich ab sofort mit. Und du kriegst keinen davon." Er lachte.

„Aus zehn mach eine Million" – die Idee war einfach, aber spektakulär: Wir waren im ganzen Land unterwegs und hatten überall mit Zehn-Mark-Scheinen bezahlt, immer im Beisein eines Notars, damit auch nichts schiefgehen konnte. Die Nummern der ausgegebenen Scheine lagen jetzt bei uns im Tresor. Jeden Morgen wurde eine Nummer vorgelesen und derjenige, der diesen Schein in seinem Portemonnaie fand, hatte 30 Minuten Zeit, uns anzurufen und eine Million Mark zu gewinnen.

Ganz Schleswig-Holstein hortete jetzt die Scheine, einige legten sich Excel-Tabellen für einen schnelleren Überblick an, andere hatten alle Scheine an eine Pinnwand geheftet. Es gab nichts, was es nicht gab.

Unser Notar saß jeden Morgen mit im Studio. Ich hatte mir das so gewünscht, denn die Gefahr, bei so einem großen Gewinn irgendeinen Bock zu schießen, war mir zu groß. Und fast jeden Tag ging es tatsächlich drunter und drüber. Kaum hatten wir morgens um 7.00 Uhr die Nummer des Tages verlesen, klingelte auch schon das Telefon. „Ich hab' den Schein!"

Ich fragte nach: „Wirklich? Den Schein?“ Ich wiederholte die Nummer. „Ja, genau den Schein“, jubelte der „Gewinner“. „Wobei, Moment mal, sagten Sie in der Mitte 3-4-9 oder sagten Sie 4-3-9?“ Ich: „4-3-9.“ „Oh, Mist, dann war das falscher Alarm.“

So ging es jeden Tag und immer wieder musste ich den Notar bremsen, der sich bereits auf den Weg zum vermeintlichen Gewinner machen wollte. „Sie können den Mantel wieder ausziehen, war doch der falsche Schein.“

Zweimal wurde es richtig dramatisch. Einmal war eine Familie aus der Nähe von Eckernförde ganz sicher, den richtigen Zehner zu haben. Sie konnten ihn zwar gerade nicht finden, aber die Kinder hatten extra eine Liste mit allen gesammelten Zehn-Mark-Scheinen angelegt – und exakt die gesuchte Nummer stand auf dieser Liste. Der Notar und Axel Hose, er war inzwischen unser Chef geworden, machten sich auf den Weg zur glücklichen Familie, bis die Mutter eine Viertelstunde später anrief, völlig fix und fertig. Am Abend zuvor war sie noch schnell einen Liter Milch einkaufen gewesen und weil kein Geld mehr im Portemonnaie war, hatte sie sich einen der Zehner aus der Sammelkiste genommen. Es war *der* Zehner.

Ein anderes Mal rief mich gegen Mittag, ich wollte grade Feierabend machen, ein Vater an. „Können Sie mir noch einmal die Zehner-Nummer von heute früh sagen?“ Ich wiederholte die Nummer, mit der wir am Morgen keinen Gewinner gefunden hatten. Am anderen Ende der Leitung hörte ich nichts, nur ein leises Stöhnen. Ich: „Sagen Sie nicht, Sie haben den Schein!?“ Der Hörer: „Doch. Ich halte ihn hier in meinen Händen. Meine Kinder sind gerade aus ihrem Zimmer gekommen und haben gesagt: ‚Hier Papa, der ist für unsere Sammlung‘, und ich wusste sofort, dass mir die Nummer bekannt vorkam …“ Ich hatte versucht, den Mann zu trösten, aber das war mir in diesem Fall wohl nicht besonders gut gelungen. Irgendwann hatte der Mann einfach aufgelegt …

Höhepunkt war allerdings eines Morgens der Anruf einer Dame aus Heide. „Ich habe den Schein." Die Frau jubelte am Telefon. Gemeinsam wiederholten wir live auf dem Sender die gesamte Nummer. Zweimal! Jeden Buchstaben, jede Ziffer. Sie schrie in den Hörer: „Ich habe den Schein!" Endlich, wir hatten eine Gewinnerin.

Axel und unser Notar griffen wieder ihre Mäntel, stürmten aus der Tür raus und machten sich auf den Weg nach Heide. Ich interviewte inzwischen die „Gewinnerin" und freute mich mit ihr. Das war der Moment, auf den Schleswig-Holstein gewartet hatte. Eine ganze Stunde lang gab es nur ein Thema bei uns: Die eine Million Mark war gewonnen worden.

Irgendwann meldeten sich Axel und der Notar aus Heide. Der Boss klang ernüchtert. „Du, wir sind gerade angekommen und haben nach der Straße gefragt. Daraufhin wurde uns gesagt, dort sei ein Heim für psychisch Kranke. Aber deswegen kann die Dame ja trotzdem den richtigen Schein haben." Ein paar Minuten später klingelten die beiden, inzwischen von mehreren Journalisten mit Fotoapparaten begleitet, an der Tür einer Heimbewohnerin – unserer „Gewinnerin". Die Frau öffnete und hielt dem Notar ihren Zehn-Mark-Schein entgegen. Sie hatte die eigentliche Nummer einfach durchgestrichen – und unsere Gewinner-Nummer mit Kuli daruntergeschrieben. Die Frau war leider krank.

Bei anderen Gewinnspielen hatten wir mehr Glück. Diverse Male haben wir Fahrzeuge verlost, bei einem Spiel sogar Autos, die meinen Namen trugen. Opel hatte eigens für dieses Spiel einen „Corsa Green light by Carsten Köthe" auf den Markt gebracht und dafür ein besonderes Signet entworfen. Meine Unterschrift prangte auf dem Kofferraum, auf den Seitentüren, auf den Fußmatten und auf dem Schaltknüppel. Wie abgefahren war das bitte? Ein Auto mit meinem Namen!

Bei der Präsentation sollte auch ich ein paar Worte an die Verantwortlichen richten. Ich sagte: „Ich weiß, dass Sie eigentlich mehr mit Spitzensportlern werben, zum Beispiel gibt es ja den ‚Corsa Steffi Graf'. Dass Sie jetzt ein Auto nach mir benennen, nach mir, der ich nie eine Urkunde bei Bundesjugendspielen erhalten habe, macht mich besonders stolz."

Noch heute fahren übrigens einige dieser Fahrzeuge durch Schleswig-Holstein. Müssen Sie mal drauf achten, wenn Ihnen so ein zartgrüner Corsa entgegenkommt.

MONEY, MONEY, MONEY
ODER
DAS BESTE KOMMT ZUM SCHLUSS

„CARSTEN! KOMM MAL HIERHER!!!“ Oha, Papi hatte ’nen ganz schönen Hals auf mich, und das ausgerechnet am Tag meiner Konfirmation. Dabei hatte ich nur das getan, was vorher abgesprochen war: Wenn Geschenke kommen, sollte ich mit Bleistift hinten auf den Umschlag schreiben, was genau für ein Geschenk das war. Das ist schließlich wichtig für die Dankeschön-Karten hinterher. Also: Familie Müller: Blumen. Familie Schönborn: 20 Mark (bei deren Sohn hatten meine Eltern übrigens 25 Mark gegeben …). Familie Heinze: Lexikon.

So weit auch richtig, nur hatte ich bei allen, die lediglich per Karte gratulierten, relativ groß „NIETE“ auf den Umschlag geschrieben. Eine Tatsache, die Papi in ungeahnte Rage versetzte. Selbst schuld, hätten die Leute doch auch zehn Mark in den Umschlag stecken können …

Egal, meine Konfirmation stand sowieso unter keinem guten Stern: Eine andere, brillante Idee von mir hatte nämlich bereits im Vorfeld der Feier für ordentlich Zoff gesorgt. Ich wollte auf die Einladungen schreiben: „Bitte nur Geldpräsente. Keine Sachgeschenke.“ Klasse Vorschlag, wie ich heute noch finde, nur meine Eltern haben fünf Minuten lang den Mund nicht wieder zugekriegt. Diese Reaktion kannte ich bereits, die hieß: Vorschlag abgelehnt.

Und dann stand ich da an meinem Konfirmationstag, unter anderem mit 10.000 Adressaufklebern (zum Anfeuchten und mit Blümchenranken!). Super Geschenk, vor allem weil wir sechs Monate später umgezogen sind.

Ganz zu schweigen von dem Silberlöffel mit Gravur. Auch sinnlos, weil uns gerade ein neuer Familien-Besteckkasten zugeschickt worden war. (Ein Werbegeschenk, Mutti und Papi hatten die Hörzu abonniert.)

Das alles hätte ich mir genauso ersparen können wie den Bildband „Schöne Mosel, schöne Heimat“ oder das Taschentuchset mit eingesticktem K (!!!). Dabei wird Carsten mit C geschrieben. Kommentar von Mutti: „Dann soll das K eben für Köthe stehen.“ Toll.

Überhaupt, unserer Blumenbank nach zu urteilen, schien nicht ich, sondern Mutti die Hauptperson bei meiner Konfirmation zu sein. Ich hatte mich zwei Jahre lang durch den Konfi-Unterricht gequält und unser Wohnzimmer sah aus, als wäre Mutti gerade zur Fleurop-Queen ’77 gewählt worden.

Es kam noch schlimmer: Als mein Kumpel Bodo Schott schon wunde Finger vom Geldzählen hatte, musste ich mich gerade bei entfernten Verwandten für ein weißes Oberhemd und für eine dunkelgraue Krawatte bedanken. Beides habe ich später tatsächlich einmal getragen, da haben alle gefragt: „Ist was mit Oma?“

Nein, Oma ging es gut. Zum Glück. Von ihr hatte es nämlich Bargeld gegeben. Sie hatte auch nie erzählt, dass ich ihr Wochen zuvor heimlich einen Zettel in die Manteltasche gesteckt hatte: „Bitte nur Geldpräsente. Keine Sachgeschenke.“

Ja, auf Großmütter ist Verlass.

Ja, damals habe ich das Geld für mich gesammelt. Heute sammle ich zwar immer noch – aber für andere. Immer im Dezember nämlich, wenn es bei uns heißt „Carsten Köthe hilft helfen" und R.SH-Hörerinnen und -Hörer ein ums andere Mal so viel Geld spenden, dass uns im Sender regelmäßig die Spucke wegbleibt. Diese Aktion selbst gibt es schon, seit ich denken kann, aber ich erinnere mich beim besten Willen nicht mehr an alle Projekte, die wir gemeinsam unterstützt haben. Die allererste Sammlung war, meine ich jedenfalls, bereits Ende der 80er Jahre. Damals benötigte man in Lübeck dringend einen Babynotarztwagen. Von uns kamen die Aufrufe, von den Hörern kamen Spendengelder ohne Ende und nur ein paar Monate später rauschte das neue Gefährt durch die Hansestadt und brachte kranke Babys und Säuglinge in die Kliniken. Spezielle Brutkästen für Krankenhäuser, medizinisches Gerät für das Kinderherzzentrum, Geld für lebenswichtige Klimakuren für Kinder mit Mukoviszidose, besondere Klinikbetten – es gibt fast nichts, wofür wir noch nicht gesammelt haben. Einmal haben wir mit den Spendengeldern sogar eine komplette Tagesklinik einrichten können, und zwar auf der Kinderkrebsstation der Uni-Klinik in Kiel. Wenn Sie die Räumlichkeiten dort vorher gesehen hätten und dann gucken, wie es heute aussieht, Sie würden Ihren Augen nicht trauen.

Und wer nicht alles spendet: Ganze Firmen sammeln auf Weihnachtsfeiern, kleine Kinder flitzen mit selbstgebauten Spendenbüchsen durch die Nachbarschaft, komplette Bundeswehrkompanien sind mit dabei. (Im letzten Jahr standen ein paar Bundis plötzlich morgens im Sendestudio und hatten einen Sack mit Geld unterm Arm. „Hier, ist für eure Aktion.") Und natürlich spenden ohne Ende Familien, darunter viele, die selbst von Krankheit betroffen sind. Ganz oft werden uns dazu liebe E-Mails geschickt, meistens mit aufmunternden Worten für alle Kranken. Oder die Leute sagen einfach nur danke, wenn den eigenen Kindern in irgendeiner Klinik in Schleswig-Holstein geholfen wurde.

Einen Höhepunkt dieser Aktion haben wir im Juni 2011 erlebt. Ich bekam ein paar Wochen zuvor Post, von der Staatskanzlei. Mein erster Gedanke: „Mist! Hast du was ausgefressen?“ Doch dann las ich: „Der Ministerpräsident des Landes Schleswig-Holstein beabsichtigt, Ihnen den Verdienstorden des Landes Schleswig-Holstein zu verleihen.“ Du liebe Güte. Einen Orden. Ich bin selten sprachlos, aber nun war ich baff.

Dann habe ich mich erst einmal zwei Abende zu Hause auf dem Sofa mit meiner Frau beraten. Durfte ich so eine Auszeichnung überhaupt annehmen? Eigentlich nicht, doch dann sagte ein Freund, den wir eingeweiht hatten: „Wenn ihr den Orden ablehnt, wäre das unfair allen gegenüber, die euch jedes Jahr unterstützen. Also, nimm die Auszeichnung an und widme sie allen, denen du zu Dank verpflichtet bist. Dann passt das.“

Genauso haben wir es schließlich gemacht. Der große Tag kam und Ministerpräsident Peter-Harry Carstensen überreichte mir den Verdienstorden. Meine Worte für die Dankesrede hatte ich mir vorher wohl überlegt. Nix gegen ’ne spontane Rede, aber noch heute finde ich, wenn man stellvertretend für so viele Menschen ausgezeichnet wird, muss auch jedes Wort sitzen.

Ich holte also tief Luft und legte los:

„Sehr geehrter Herr Ministerpräsident,
meine Damen und Herren,

mit großer Freude und mit noch größerem Stolz nehme ich die heutige Auszeichnung entgegen. Ich möchte diese aber, Ihr Einverständnis vorausgesetzt, symbolisch mit ganz, ganz vielen Schleswig-Holsteinerinnen und Schleswig-Holsteinern teilen.

Ich widme diesen Orden von daher zunächst den Hörerinnen und Hörern von R.SH, jedem kleinen und großen Spender, vor allem aber jedem kleinen und großen Spendensammler. Jedem Einzelnen von Ihnen und von euch möchte ich von dieser Stelle aus zurufen: ‚Wir alle haben heute einen Orden bekommen.'

Ich widme diese Auszeichnung allen, die für Kranke da sind. Sei es im ganz privaten Bereich oder seien es die unzähligen und unermüdlichen Krankenschwestern und Krankenpfleger. Sie sind für mich die wahren Helden des Alltags. Bei den Scheckübergaben in Krankenhäusern sage ich immer: ‚Die Tatsache, dass so viel Geld zusammengekommen ist, ist auch ein Zeichen der Wertschätzung Ihrer Arbeit.' Ich freue mich, dass ich heute die Gelegenheit habe, das an dieser Stelle zu unterstreichen.

Ich widme diesen Orden allen Mitarbeiterinnen und Mitarbeitern im R.SH-Funkhaus, die sich jedes Jahr mit sehr viel Hingabe, mit sehr viel Sorgfalt und mit sehr viel Fingerspitzengefühl für ‚Carsten Köthe hilft helfen' einsetzen. In diesem Zusammenhang danke ich allen voran meiner Frau Miriam, die seit vielen Jahren die Aktion als Redakteurin verantwortlich leitet und die eigentliche treibende Kraft im Hintergrund ist.

Das viele Geld, das gespendet wird, ist die eine großartige Seite unserer gemeinsamen Aktion. Die Nachhaltigkeit ist die andere. Über einen Zeitraum von vier Wochen wird eine Krankheit, wird ein Hilfsprojekt in den Mittelpunkt des Interesses gerückt. Der Vorsitzende des Mukoviszidose e.V. sagte mir nach der letzten Aktion: ‚In den kommenden zehn Jahren müssen wir in Schleswig-Holstein niemandem mehr erklären, was Mukoviszidose ist.'

Die wichtigste Widmung aber habe ich mir für den Schluss aufbewahrt: Ich widme diese Auszeichnung allen, die krank sind, verbunden mit den besten Wünschen für eine rasche Genesung. Denn genau darum geht es seit vielen Jahren bei ‚Carsten Köthe hilft helfen'.

So wie es aussieht, werde ich in meinem Leben nicht mehr allzu viele Orden erhalten. Möglicherweise gar keinen mehr, aber selbst wenn: Diese

Auszeichnung ist mehr, als ich mir je hätte vorstellen können. Und sie ist wahrscheinlich auch mehr, als ich verdient habe."

Eigentlich schon fast ein Schlusswort, auch für dieses Buch, oder? Vieles, was in all den Radiojahren passiert ist, hätte ich nicht mal zu träumen gewagt.

Das Praktikum, die Kiel-Reporter-Zeit, die Sportübertragungen, R.SH-Gold, die Geburtstage, „Ohne Mutti geht es nicht", die Promi-Interviews, die vielen kleinen und großen Geschichten mit allen Hörern und schließlich die über 20 Jahre im Frühstücksclub, stets damit verbunden die meistgestellte Frage von R.SH-Hörern in all der Zeit: „Wie schafft man es nur, morgens so gut drauf zu sein?"

Eines vorweg: Wir sind wirklich jeden Morgen fröhlich. Fröhlichkeit kann man auch nicht spielen, jedenfalls nicht über eine längere Zeit. Irgendwann merken die Hörer, dass da was nicht stimmt.

Wobei unser Morgen auch nicht gleich mit 'ner Früh-Polonaise vor Begeisterung beginnt. Wenn wir uns um 4.00 Uhr im Funkhaus treffen, gibt's oft nur ein Stöhnen, ein Gähnen und ein muffeliges „Moin". Danach herrscht Stille. Jeder bereitet seinen Teil der Sendung vor, ganz konzentriert. Es gibt Tage, da haben wir bis 4.30 Uhr kaum ein weiteres Wort gewechselt. Aber dann, wenn die Sendung beginnt, springt unsere Ampel quasi auf „Grün", dann geht es los, als hätte jemand einen Schalter umgelegt.

Meine Mutter erzählt immer, dass ich selbst als Schüler morgens immer pfeifend die Treppe runterkam, selbst an Tagen, an denen eine Physik- oder Chemie-Arbeit anstand und ich das bittere Ende dieser Geschichte schon von vornherein wusste. Krankfeiern gab es bei uns übrigens nicht. Mutti sagte immer: „Du schreibst die Arbeit mit. Es gibt auch keinen Ärger, sollte es wieder schiefgehen." Natürlich ging die Arbeit daneben – und natürlich gab es Ärger. Aber einfach zu Hause bleiben? Nicht bei Mutti! (Einmal habe ich versucht, Fieber vorzutäuschen, und das Thermometer in heißen Kakao getunkt. Half nix, Mutti hat auch diesen Braten gerochen.)

Ich kann gut aufstehen. Um 3.15 Uhr klingelt mein Wecker. Einmal recken, einmal strecken, Sekunden später bin ich auf Betriebstemperatur. Zum Glück kann ich super schlafen, immer und überall. Das habe ich beim Bund in den „Nato-Pausen" gelernt. Aufs Bett legen, Augen zumachen, wegdösen. Ich habe in all den Jahren Kollegen erlebt, die das mit dem Schlafrhythmus nicht hinbekommen haben. Keiner von denen hat längere Zeit am frühen Morgen arbeiten können, irgendwann streikt der Körper einfach.

Meiner streikt um spätestens 12.00 Uhr, danach bin ich kampfunfähig und schaffe es mit meinem Auto gerade noch bis nach Hause. Dort gibt's 'ne Kleinigkeit zu essen, danach schwinge ich mich aufs Sofa und schlafe tief und fest. Nach exakt zwei Stunden bin ich wieder hoch und der Nachmittag kann kommen. Das ist mein Rhythmus, seit nunmehr über 20 Jahren.

Am Nachmittag wird übrigens weiter vorbereitet. Ich bin einer, der Radio „arbeitet", ich plane akribisch und bin manchmal morgens ein „elender Pedant" (Zitat von Kollege und Autopilot Nils Söhrens), wenn es um die Umsetzung geht. Ich mag keine unvorbereiteten Shows, ein Großteil der Sendung muss vernünftig durchdacht sein, der Rest sind dann die eigentlichen Highlights der Sendung: spontane Sprüche, Kabbeleien unter uns dreien, Reaktionen von Hörern, Live-Talks, coole Pointen, eben alles, was eine Radiosendung Leben lässt. Aber nur mal eben Mikro aufmachen und losplaudern, das funktioniert nicht. Die letzte Vorbereitung für eine Moderation beginnt bei mir 30 Sekunden bevor wir das Mikro aufmachen (so habe ich es damals in Holland bei Ad gelernt und so praktiziere ich es noch heute). Da heißt es für mich bereits „volle Konzentration". Einstieg, Ablauf, Ausstieg, alles im Kopf durchgehen. Einem Skiläufer muss es so ähnlich gehen, wenn er oben im Starterhäuschen die Strecke im Kopf bereits einmal abfährt.

Zur Konzentration gehört übrigens auch Körperspannung. Ich hab' Nils schon mal angemault, er solle die Hände aus den Taschen nehmen, mit der Haltung könne eine Moderation nicht gelingen. Er hat mich angeguckt nach dem Motto „Jetzt dreht der Alte durch". Gut, die Hände-in-den-Taschen-Nummer habe ich vielleicht ein wenig verbissen gesehen, aber dennoch: Nehmen Sie mal einen Sänger. Der steht bei seiner Darbietung und der ganze Körper ist im Einsatz. Moderieren funktioniert in den meisten Fällen genauso. Seitdem hat Nils die Hände jedenfalls nicht mehr in den Taschen. Entweder aus Überzeugung oder Patty hat heimlich zu ihm gesagt: „Tu es einfach. Hauptsache, er gibt Ruhe."

Sie werden übrigens nie erleben, dass wir auf dem Sender Leute bloßstellen oder veralbern. Ich mag das nicht. Es sei denn, ein Hörer lacht über sich selber, so wie einer unserer nächtlichen Anrufer, der uns schon ein paar Mal erzählte, er sei so eine Art Stand-up-Comedian und arbeite an seinem neuen Bühnenprogramm. Wir fragten: „Hast du denn mal einen Gag parat?" Woraufhin er antwortete: „Also, so spontan fällt mir jetzt keiner ein." Seien wir ehrlich, das ist keine gute Voraussetzung für einen Stand-up-Comedian. Ein paar Mal hatte unser lustiger Freund später dann noch bei uns durchgeklingelt, um seine größten Kracher zum Besten zu geben; unter uns: Wir haben nicht einen Witz verstanden.

Ich kann mich übrigens an einen blöden Gag erinnern, den ich mal vor vielen, vielen Jahren gemacht hatte. Bei einer Fundsachen-Auktion wurde unter anderem ein Hörgerät versteigert. Ich rief ins Mikro: „EIN HÖRGERÄT!!! Ich spreche extra etwas lauter, sonst hört derjenige, der es verloren hat, ja nicht."

Ein paar Tage später schrieb mir eine Mutter, ihr kleiner Sohn sei so sehr enttäuscht. Er selbst müsse ein Hörgerät tragen und werde in der Schule schon genug gehänselt. Er sei mein größter Fan und ausgerechnet ich mache so doofe Witze. Das Ding habe ich mir zu Herzen genommen. Nie wieder sollte mir so etwas passieren. Ganz nebenbei:

Nach so vielen Jahren mit lauter Musik in den Kopfhörern sind meine Ohren längst nicht mehr in Ordnung. Ich trage inzwischen kleine Hörgeräte. Wie damals mein kleiner Freund.

Seit dem Tag habe ich mir jedenfalls geschworen, keinen Mist zu moderieren. Ist mir wahrscheinlich nicht immer gelungen, aber hoffentlich oft.

Und ich habe mir irgendwann mal vorgenommen, nur Dinge zu machen, die ich auch wirklich beherrsche. Manchmal werde ich zum Beispiel gefragt, wieso ich am Wochenende gar nicht als DJ in Discotheken unterwegs bin. Die einfache Antwort ist: Ich kann das gar nicht. Viele meiner lieben Kollegen haben das viel besser drauf.

Vor vielen Jahren habe ich mal ein paar solcher Festzeltauftritte absolviert – die meisten waren ein Fiasko: Einmal wurde ich mit Eiswürfeln bombardiert, ein anderes Mal geriet ich an ein paar zwielichtige Besucher, die irgendeinen Wunschhit hatten, der sich leider nicht in meiner Plattensammlung befand. Die Burschen wurden ganz schön ungemütlich.

Einen großartigen Auftritt hatte ich allerdings mal gemeinsam mit meinem Freund Ralf Mothil im Festzelt in Pansdorf. Die Hütte war gerammelt voll und wir haben zwei Stunden lang Vollgas gegeben, Platten aufgelegt und mit den Leuten Party gemacht, bis das Zelt bebte. Nur der Anfang war in die Hose gegangen: Zum Opening sollte eine Nebelmaschine für Stimmung sorgen. Leider ließ sich das Ding nicht wieder ausschalten. Ralf und ich konnten circa zehn Minuten lang nichts sehen und das Publikum konnte uns nicht sehen. Und zu alldem lief unser Eröffnungstitel: „Looking for freedom“ von David Hasselhoff.

So wie Ralf und ich wieder aus dem Nebel aufgetaucht sind, so ist, während ich dieses Buch schreibe, auch die eine oder andere Erinnerung zurückgekehrt. Viele Geschichten habe ich dennoch bestimmt vergessen, andere konnte ich nicht schreiben, schließlich sollen Sie Ihren guten Eindruck von der R.SH-Redaktion behalten. Also mussten alle Betriebsausflüge und Weihnachtsfeiern wegfallen. Na ja, meistens musste ich ohnehin eher nach Hause, weil am nächsten Morgen wieder Sendung angesagt war. Einmal haben wir bei uns im Funkhaus gefeiert. Ich bin gegen 22.00 Uhr pflichtbewusst nach Hause. Als ich sechs Stunden später wieder frisch geduscht erschien, rockte ein hartgesottener Rest noch in der kleinen Kantine zu „Highway to hell". Ein bierseliger Kollege sah mich, nahm mich in den Arm und brüllte: „Ey, Alter, wie geil, du bist ja auch noch da."

Ja, ich bin noch da. Fast ein Vierteljahrhundert bin ich bei R.SH und darf täglich das machen, wovon ich als kleiner Junge geträumt habe – Radio. Viele haben mich in den Jahren gefragt: „Willst du nicht mal was anderes machen?" Nee, will ich nicht. Oder haben gesagt: „Du musst doch auch irgendwann mal in die Chefetage wechseln." Nee, muss ich nicht. Der Beruf hinterm Mikrofon ist, glaube ich, der, den ich am besten kann. Und zu einem Sender außerhalb Schleswig-Holsteins wechseln? Womöglich nach Berlin oder München? Nee. Mit meinem Vater habe ich als Kind oft in einem Buch über Uwe Seeler geblättert und immer wieder erzählte er dabei die Geschichte, dass „Uns Uwe" damals lukrative Angebote aus Italien gemacht wurden. Aber Uwe Seeler soll immer gesagt haben: „Was soll ich woanders? Hier fühl' ich mich wohl." Das hat mir schon als kleiner Junge imponiert. Vielleicht bin ich auch deswegen noch da.

Im Juni 2012 ist es 25 Jahre her, dass ich den Moderatorenwettbewerb gewonnen habe und nach Berlin fliegen durfte. Möglicherweise wird etwas später irgendein Kollege in irgendeinem Büro zu irgendjemandem gesagt haben: „Du, da draußen ist einer. Hör dir den mal an. Kann sein, dass der ein wenig Talent hat."

25 Jahre.

Ist schnell gegangen, die Zeit.

DANKSAGUNG

Danke an Nicole Frömming und Paul Struck von der Agentur ROCK-media für die sensationelle Rundumbetreuung. Ich bin immer noch baff, mit wie viel Engagement und tollen Vorschlägen ihr dieses Buch umgesetzt habt. Man merkt, dass ihr euren Job lebt. Um es mit Schulnoten zu sagen: Eins mit Sternchen! Ihr seid die Besten.

Danke an meinen Freund Richard Netzel, Geschäftsführer der Firma Frank-Druck in Preetz, sowie Helmut Wünderlich, Geschäftsführer von G+D Grafik+Druck in Kiel. Ohne euch wäre das Buch wahrscheinlich ein vergilbtes, flatteriges Heftchen geworden. Danke, dass ich erfahrene Fachleute wie euch an meiner Seite hatte.

Danke an Günter Grätsch (Foto Cover oben links) und Holger Kasnitz (Foto Köthi und „Mutti“). Ihr habt sofort zugestimmt, als ich euch wegen der Bildrechte an diesen Fotos angerufen habe. Und danke an die Familie von Helmut Beckmann. Er hatte genau in dem Moment auf den Auslöser gedrückt, als ich mein Tor in der Kieler Ostseehalle erzielte. Und: Haben Sie das tolle Bild mit dem W:O:A-Motiv gesehen? Das hat Jens Rusch von der Galerie Rusch in Brunsbüttel für mich gezeichnet. Danke, Jens. Mehr davon? Dann: www.jens-rusch.de.

Danke an Frauke Antholz. Dein tolles Foto von mir ziert das Cover (unten rechts). Ich glaube, es ist nicht einfach, mich zu fotografieren. Du hast es geschafft!

Danke an meine hervorragende Lektorin Kerstin Klostermann. So wenig Fehler hast du noch in keinem Buch gefunden, was?!

Danke an Moritz Jesußek, meinen „Internet-Mann“ – vor allem für die nächtlichen „Hilfe“-Telefonate. Sagen wir es mal so: Ein Bill Gates wird nicht mehr aus mir. (www.koethe-verlag.de)

Danke auch an R.SH-Fan Martin. Er pflegt seit Jahren eine grandiose Website mit jeder Menge Erinnerungen an tolle Radio-Jahre. Klicken Sie mal auf: www.rsh-history.de.

Mein letzter Dank gilt: R.SH. Mitsamt allen Kolleginnen und Kollegen, die mich ein Stück des Weges begleitet haben und noch begleiten. Ihr habt mir dieses Buch überhaupt erst ermöglicht.

Aber mein allerletzter und größter Dank gilt euch: Mama und Papa.

BILDNACHWEIS

Cover:
Foto oben links: Günter Grätsch
Foto unten rechts: Frauke Antholz
Foto Toast und Kassette: © suze/photocase.com© und flügelwesen/photocase.com

Innenteil:
„Köthi und Mutti“, Foto: Holger Kasnitz
Tor in der Ostseehalle, Foto: Helmut Beckmann
W:O:A, Bild: Jens Rusch

Sollte jemand Bildrechte an verwendeten Fotos besitzen und hier nicht genannt sein, bitte ich um Verzeihung und eine kurze Mitteilung. Die Rechte werden in den kommenden Auflagen selbstverständlich berücksichtigt.

Ebenfalls im Köthe Verlag erschienen:

Miriam + Carsten Köthe

Teufelchen in der Brust

In diesem Buch geht es um Fröhlichkeit trotz Krankheit. Diese Brustkrebsgeschichte ist nämlich alles andere als traurig – und das nicht nur, weil sie gut ausgeht. Sie handelt von einer Perücke mit Namen und Namensvetter, von Chemie, die aussieht wie Fruchtsaft, von dem Zusammenhalt einer Familie, von stinkendem Käse, von Radtouren auf Sylt und von „Scheiß-egal-Pillen" und ihren Auswirkungen. Zusammengefasst: Sie handelt von einem Jahr mit einem Teufelchen in der Brust.

Miriam Köthe schreibt mit einem fröhlichen Augenzwinkern, während ihrem Ehemann, Carsten Köthe, dem stets gut gelaunten Morgenmoderator von Radio Schleswig-Holstein, das Lachen manchmal vergeht. Er beschreibt, wie er die Krankheit seiner Frau erlebt hat – in seiner ureigenen Art.

Dieses Buch soll Kranken sowie Angehörigen Mut machen und es soll helfen, die Krankheitszeit gemeinsam zu meistern. Das Buch hat den „IDH-Medienpreis Gesundheit 2010" gewonnen.

„Gerade aus Sicht unserer Krebsgesellschaft enthält es viele Punkte, die in sonst erschienenen Publikationen gar nicht vorkommen …: Patientensicht, Arzt-Patientenkommunikation, Entscheidungsfindung bei der Therapie und ‚was kann ich für mich tun'."

Schleswig-Holsteinische Krebsgesellschaft e. V.

Köthe Verlag, 2010
ISBN 978-3-9813934-0-8
176 Seiten
12,5 x 20,5 cm
Taschenbuch
Preis: 9,90 Euro

Bestellbar unter: www.koethe-verlag.de

Miriam + Carsten Köthe
Teufelchen
in der Brust
Unterstützt von
RSH
Radio Schleswig-Holstein